共和国故事

经济血液

——玉门油矿开发与建设

郑明武 编写

吉林出版集团股份有限公司

图书在版编目（CIP）数据

经济血液：玉门油矿开发与建设/郑明武编. ——

长春：吉林出版集团股份有限公司，2009.12

（共和国故事）

ISBN 978-7-5463-1761-8

Ⅰ．①经… Ⅱ．①郑… Ⅲ．①纪实文学－中国－当代 Ⅳ．①I25

中国版本图书馆 CIP 数据核字（2009）第 237712 号

经济血液——玉门油矿开发与建设

JINGJI XUEYE　　YUMEN YOUKUANG KAIFA YU JIANSHE

编写　郑明武

责任编辑　祖航　李婷婷

出版发行　吉林出版集团股份有限公司

印刷　三河市嵩川印刷有限公司

版次　2010 年 1 月第 1 版　　　　2022 年 1 月第 10 次印刷

开本　710mm×1000mm　1/16　　　印张　8　字数　69 千

书号　ISBN 978-7-5463-1761-8　　定价　29.80 元

社址　吉林省长春市福祉大路 5788 号

电话　0431－81629968

电子邮箱　tuzi8818@126.com

前　言

　　自 1949 年 10 月 1 日中华人民共和国成立至今,新中国已走过了 60 年的风雨历程。历史是一面镜子,我们可以从多视角、多侧面对其进行解读。然而有一点是可以肯定的,那就是,半个多世纪以来,在中国共产党的领导下,中国的政治、经济、军事、外交、文化、教育、科技、社会、民生等领域,都发生了深刻的变化,中国人民站起来了,中华民族已屹立于世界民族之林。

　　60 年是短暂的,但这 60 年带给中国的却是极不平凡的。60 年的神州大地经历了沧桑巨变。从开国大典到 60 年国庆盛典,从经济战线上的三大战役到经济总量居世界第三位,从对农业、手工业、资本主义工商业的三大改造到社会主义市场经济体制的基本确立,从宜将剩勇追穷寇到建立了强大的国防军,从废除一切不平等条约到独立自主的和平外交政策,从"双百"方针到体制改革后的文化事业欣欣向荣,从扫除文盲到实施科教兴国战略建设新型国家,从翻身解放到实现小康社会,凡此种种,中国人民在每个领域无不留下发展的足迹,写就不朽的诗篇。

　　60 年的时间在历史的长河中可谓沧海一粟。其间究竟发生了些什么,怎样发生的,过程怎样,结果如何,却非人人都清楚知道的。对此,亲身经历者或可鲜活如昨,但对后来者来说却可能只是一个概念，对某段历史的记忆影像或不存在，或是模糊的。基于此，为了让年轻人，特别是青少年永远铭记共和国这段不朽的历史，我们推出了这套《共和国故事》。

《共和国故事》虽为故事，但却与戏说无关，我们不过是想借助通俗、富于感染力的文字记录这段历史。在丛书的谋篇布局上，我们尽量选取各个时代具有代表性或深具普遍意义的若干事件加以叙述，使其能反映共和国发展的全景和脉络。为了使题目的设置不至于因大而空，我们着眼于每一重大历史事件的缘起、过程、结局、时间、地点、人物等，抓住点滴和些许小事，力求通透。

历史是复杂的，事态的发展因素也是多方面的。由于叙述者的视角、文化构成不同，对事件的认知或有不足，但这不会影响我们对整个历史事件的判断和思考，至于它能否清晰地表达出我们编辑这套书的本意，那只能交给读者去评判了。

这套丛书可谓是一部书写红色记忆的读物，它对于了解共和国的历史、中国共产党的英明领导和中国人民的伟大实践都是不可或缺的。同时，这套丛书又是一套普及性读物，既针对重点阅读人群，也适宜在全民中推广。相信它必将在我国开展的全民阅读活动中发挥大的作用，成为装备中小学图书馆、农家书屋、社区书屋、机关及企事业单位职工图书室、连队图书室等的重点选择对象。

编　者
2010 年 1 月

一、 油矿解放

- 孙越崎语重心长地说："资源委员会现有的工矿企业是中国仅有的一点儿工业基础，我们有责任把它保存下来。"

- 马世昌激动地说："我们能活下来，全托共产党、解放军的福啊。"

玉门油矿喜迎解放

1949 年 9 月 25 日，金秋的玉门，秋高气爽，到处是欢声笑语。

这一天，是玉门人永远铭记的日子。从这一天开始，石油工人成了油田的主人。

此时，在玉门的广场上，解放军文工团正在兴高采烈地表演着节目，"解放区的天是晴朗的天，解放区的人民好喜欢……"，嘹亮的歌声在广场上空长久飘荡。

在大礼堂演出的《血泪仇》《白毛女》，让老工人们一遍又一遍地流下热泪。

这一天，玉门人强烈地感到：国民党反动派倒台了，天变了，受苦的人翻身了，再也不会过从前那样的日子了。

作为当时中国最大的现代化石油企业，玉门的解放还有一段曲折的历史，这还要从玉门建立说起。

玉门油矿位于甘肃省玉门境内，地处河西走廊祁连山北麓，东连万里长城的最西端嘉峪关和历史文化名城酒泉，西连敦煌、新疆等地，是丝绸之路的必经之地。

1938 年，地质学家孙健初、严爽、靳锡庚等一批爱国知识分子来到空山不见鸟、风吹石头跑的石油河畔，开始了老君庙油矿的艰苦创建工作。

1939 年，玉门正式投产出油。在其后的 10 年间，玉门油矿在政治不断动荡的环境下，艰苦发展，规模逐渐扩大。

1948 年 10 月，国民党资源委员会委员长孙越崎利用国民党社会部在南京召开全国工业总会成立大会的机会，在南京三元巷资源委员会本部召开了一次资源委员会下属工矿企业负责人秘密会议，讨论资源委员会的去留问题。

孙越崎面对这些跟随自已多年的老部下，语重心长地说："不久前，我到东北视察了几个月，所见所闻，感触颇深，共产党必胜的大势已是有目共睹。鞍山被解放军占领后，我们资源委员会的技术人员一律被留用，受到优待。我们这些人都是学工程技术的，都是怀着工业救国的理想，在抗日战争开始前就参加了中国的工业建设。资源委员会现有的工矿企业是中国仅有的一点儿工业基础，我们有责任把它保存下来。现在大家要'坚守岗位，保护财产，迎接解放，办理移交'，回去以后，将今天的会议内容，秘密传达到附近的厂矿。"

在当时，资源委员会的高层领导和各个厂矿的负责人绝大部分是从国外留学回来的，接受了西方的现代教育，信仰"实业救国"，有着强烈的爱国思想，希望民族昌盛、中华振兴，对蒋介石政权的腐败非常不满。

因此，孙越崎的话引起了在场同仁们的共鸣。大家一致支持孙越崎的决定，并对如何安定人心，怎样避免发生财务困难或人员混乱等问题进行了热烈的讨论。

就这样，这次会议表明了孙越崎不愿追随蒋介石政府的决心。随着解放战争的胜利，资源委员会所属厂、矿都留了下来，成为新中国工业建设的重要力量。

1949 年 6 月 1 日，油矿负责人邹明召开全矿大会，宣布从 6 月起职工工资以银元做标准，并重点说明了油矿是国家的财富，是全体职工辛勤劳动的结晶，是大家的饭碗，要求大家齐心协力把油矿保护好。

7 月初，油矿成立了以老工人为主的护矿队。护矿队设大队、中队和分队建制。

在 7 月，国民党西北长官公署改由马步芳任长官，副手刘任。他们都是顽固的反共分子，不甘心让玉门油矿完整地回到人民手中，计划在必要时进行破坏。

当时的国民党油矿特别党部书记长张振邦扬言要效忠党国，破坏油矿，并进行密谋和策划。

兰州解放后，迁到张掖的西北长官公署一步一步地对油矿施压，先是要邹明提出破坏油矿的计划，继而要求将军用电台搬到油矿，企图派特务打进油矿，伺机破坏。

9 月中旬，西北长官公署代长官刘任亲自打电报给邹明，要他马上到张掖，"有要事相商"。

当时，油矿财务组长胡禧森正在张掖办理 1000 两黄金的军油款业务，深知这里有阴谋，打电报给邹明叫他不要去张掖。

但是，邹明为了油矿的安全，决定冒险前往。

后因解放军进兵神速，兵临张掖城下，代长官刘任连夜逃往酒泉时发生车祸，其他人则逃往新疆。这样，破坏的阴谋才未得逞。

9月10日，中国人民解放军第一野战军司令员彭德怀在兰州听取解放河西的汇报时说："一定要保证玉门油矿的安全。"

于是，中国人民解放军加快了向西挺进的步伐，沿途反复广播彭德怀的命令：

有破坏玉门油矿者，以战犯论处。

矿区的解放一天天临近，护矿工作也日趋紧张。为了有效对付国民党顽固派的破坏活动，邹明决定将矿警大队库存的全部枪支弹药启封，武装护矿队，增强护矿实力。

油田的员工们积极行动起来，徐成华、郭孟和、姜同宾、刘廷玉、史久光、龙显烈、时振山、王宝山等人，在各自的岗位组织职工防止反动派的破坏。

9月中旬，张掖解放后，解放军一野第一兵团王震司令员派第二军第五师副参谋长刘振世到酒泉，与酝酿起义的国民党西北长官公署副参谋长彭铭鼎、河西警备司令部参谋长兼代司令汤祖坛见面，传达了党中央、毛主席的指示，说明确保玉门油矿安全的重要意义。

9月20日，国民党第八补给区司令曾震五，由新疆携带张治中从北京转给各军师长的电报和陶峙岳将军给各军师长的信，指示在酒泉的国民党各部将领弃暗投明，迅速起义。

9月24日晚，第一野战军装甲部队从张掖出发，穿过戈壁向玉门急进。

9月25日，玉门油矿迎来了历史性的一日。17时许，由战车团团长胡鉴指挥的装甲车部队为先导的人民解放军，在军长黄新廷率领下，穿过夹道欢迎的人群，开进玉门油矿。

伫立在道路两旁等候了三四个小时的员工们发出了暴风雨般的掌声和欢呼声。

玉门石油的历史翻开了新的一页。

解放军宣传政策

1949 年 9 月 28 日，一辆吉普车披着厚厚的风尘，停在油矿中坪区"祁连别墅"门前。

从车里走下一位中等个儿、戴着眼镜的年轻军人，虽然有点消瘦，却显得干练朴实。这位年轻军人就是玉门新来的军事总代表康世恩。

康世恩早年曾就读于清华大学地质系。在油矿解放之前，党中央指示第一野战军选派得力干部担任油矿的军管工作。此时，正在向河西走廊进军的王震将军知道九师政治部主任康世恩曾在清华学过地质，便向解放军总部推荐，由康世恩担任玉门油矿军事总代表。

和康世恩一起来的还有刘楠、杨华甫、杨文彬、詹石、陈秋来、索保根、石万遂等 10 多位军事代表。

5 天以后，由兰州军管会改派的军事副总代表焦力人，风尘仆仆地来到油矿。

军事代表的到来，受到了玉门石油工人的热烈欢迎。工人们都把解放军的军事代表当作了自己的亲人。

10 月 6 日，庆祝中华人民共和国成立的群众大会在玉门油矿隆重举行。

康世恩在大会上说：

全国即将解放，新中国成立开创了中国历史新纪元，中国人民从此成了国家主人，走上国强民富的社会主义道路。

康世恩还表扬了玉门油矿广大职工和进步人士保护油矿，坚持生产的英明举措。

最后，康世恩向石油工人介绍了党的各项政策，包括对留用人员的政策，号召大家团结起来，多生产石油，支援前线打胜仗。

康世恩的报告鼓舞了人心，让一部分人放下了思想包袱，激发了生产干劲儿。

据当时在会场上听过这个讲话的炼油厂工人、后来担任玉门石油管理局党委组织部长的退休干部罗添侦回忆说：

虽然因为口音的关系，康总代表的话没有完全听懂，但是要紧的一些话，大家听的是很清楚的。康总代表说，共产党和工人是一家人，共产党领导人民打天下，打垮了国民党反动派，推翻了三座大山。

新中国成立了，人民当家做主，工人阶级翻了身，成了领导阶级。

毛主席号召我们"军队向前进，生产长一寸，革命无不胜"。石油工人要响应毛主席的号召，加紧生产，多生产石油，支援解放军多打胜仗，解放全中国，建设新中国。

好多新名词是第一次听说，还不可能真正理解，但是康总代表反反复复讲，大家前前后后连起来听，越听越觉得有意思，不都是替咱们工人说话吗？从来没有人这样抬举过咱们工人，大家的心被说得热烘烘的。

加强油矿建设，发展石油工业，建设新中国，是石油工人的心愿，也是全国人民的共同愿望。

与此同时，作为统帅西北地区解放大军的第一野战军司令员彭德怀将军也非常关心玉门的发展。

10 月上旬，彭德怀在酒泉接见了康世恩和甘青分公司经理邹明。

简单寒暄后，彭德怀明确称赞邹明和油矿员工在戈壁滩上艰苦奋斗，创建中国的石油工业，英勇护矿更是有功的。

彭德怀爽朗地说："共产党也要搞建设，大家都有用武之地。希望你们好好为人民服务，努力发展生产，发展新中国的石油工业。"

不久，彭德怀和中国人民解放军第一野战军政治部主任甘泗淇、第二兵团司令员许光达来到玉门，在 800 多员工参加的大会上讲了话。

在此次讲话中，彭德怀再一次赞扬了油矿员工英勇护矿，讲了共产党对接管企业和人员实行"三原"政策即原职、原薪、原制度，要求全体员工团结一致，加紧生产。

此时，彭德怀还高瞻远瞩，讲了新中国要进行大规模经济建设。他说：

> 要加强玉门油矿的建设，玉门是新中国石油工业的摇篮，要发挥更大的作用。为此，我希望玉门油矿的技术人员和工人为发展新中国石油工业作出新贡献。

一年以后，彭德怀任主席的西北军政委员会，授予玉门油矿一面锦旗，上面写有：

> 发扬英勇护厂精神，为祖国建设事业百倍努力

以此表彰油矿员工在新中国成立前夕进行的护矿斗争，鼓励石油工人更加努力地发展生产，建设新中国。

玉门油矿获得新生

1949 年 10 月 16 日，玉门油矿锣鼓喧天，红旗招展。全矿职工怀着兴奋的心情，欢迎"四五"事件中被抓的工友归来。

"四五"事件是指 1949 年 4 月，玉门工人不满当局的工资政策而发起了示威抗议，最后示威遭到镇压，多名工人被捕。

此事件造成工人和职员存在着明显的对立情绪，不利于团结，不利于发展生产。

面对对立情绪，军事代表们经过一番研究，决定从处理"四五"事件入手，进行广泛的阶级教育，提高工人群众的阶级觉悟。

遵照彭德怀同志"放手交给群众处理"的指示精神，军事总代表康世恩决定，隆重迎接被抓工友回矿。

听说被抓工友要被释放了，全矿职工人都非常高兴。怀着兴奋的心情，欢迎被抓工友归来。

欢迎的场面非常热烈，人们敲锣打鼓，高举红旗。军事总代表康世恩和副总代表焦力人站在油矿大门口，和归来的被抓工友一一亲切握手；站在马路两旁的员工，也纷纷上前向他们问好。

被抓工友们激动地说："真没有想到会有今天！"

一些工友一起高呼：

> 共产党万岁！
>
> 解放军万岁！
>
> 毛主席万岁！
>
> 打倒国民党反动派！
>
> ……

顿时，长达几公里的欢迎队伍一片欢跃景象。

两位军代表陪同被抓工友走过欢迎的人群，走到哪里，哪里就响起阵阵口号声和掌声。

被抓工友们感动得流下了热泪，马世昌激动地说："我们能活下来，全托共产党、解放军的福啊。"

被抓工友欧阳义说："弟兄们，不要忘记，没有共产党，我们不会有今天；没有解放军，我们出不了敌人的监狱。"

大家纷纷说："是啊，共产党、毛主席，就是我们的再生父母。"

看到被抓工友回矿了，职工群众对军事代表更加信任，对共产党更加拥护。

许多老工人说："国民党反动派把我们工人抓进监狱，共产党把工人迎回来。康总代表说得很清楚，共产党和工人是一家人，共产党给咱们工人做主。"

在释放被抓工人的同时，康世恩等人还对油矿工人

进行了教育。经过阶级教育，职工群众当家做主的政治热情十分高涨。广大职工，特别是工人群众扬眉吐气，产生了自豪感，生产上自觉加班加点，政治上积极要求进步。

经过康世恩等人的一致努力，玉门油矿工人的精神面貌发生了很大的变化。国庆节过后，中国共产党甘青分公司总支部委员会成立了，康世恩任书记，焦力人任副书记，杨华甫、刘柏、雪凡任委员。

接着，成立了以焦力人为主任的工会筹备委员会，一批在生产和政治运动中涌现的积极分子担任了油矿工会和各基层分工会的筹备委员。

工会筹备委员会在职工群众中开展了广泛地组织发动和宣传教育工作。

职工群众听说要成立工会，纷纷报名要求参加。各基层分工会认真进行了会员评议工作。

1950年2月，由工会主持召开的职工代表大会讨论了改进原有的企业管理制度。

在会上，代表们纷纷发表意见，批评过去的旧制度，要求建立体现工人阶级当家做主的新制度。

最后，大会决议实现"管理民主化，经营企业化"，号召全体职工为实现这一目标而奋斗，通过民主选举，组成以工人为主体的工厂管理委员会。

通过民主选举，职工中觉悟高、威信高的优秀分子被选入工厂管理委员会，在生产建设和各项管理工作中发挥了很好的作用。

炼油厂工人、"四五"事件的组织者欧阳义，在当选工厂管理委员会委员以后讲的一段话，代表了那个时代石油工人的共同心声。

欧阳义说："今天工人翻身掌了权，我们要想想，这个权是怎么来的，是毛主席英明领导、解放军勇敢作战、牺牲了多少优秀同志才得来的。我们当了家，掌了权，就要在共产党领导下，努力发展我们的石油工业，为建设新中国出力。"

欧阳义还说："当家做主就要想着工人阶级的长远利益，要大公无私，不能只在眼前的小利益上打圈圈。"

工人参加工厂管理委员会，掌了权，极大地振奋了职工群众的革命精神，激发了高涨的生产积极性。

许多工人感慨地说："真是没有想到，旧社会靠卖苦力过日子的工人现在管起了工厂的大事，工人阶级真的翻了身。"

解放为玉门换来了新生，从此玉门在中国共产党的领导下，为新中国建设屡立新功！

二、 艰苦创业

● 工人张立国说："是共产党给我们翻了身，我们当然要报效共产党，争取多采石油！"

● 工程师说："你是老内行，在乌苏油矿又跟苏联专家学习过，不妨先试试。"

● 陆邦干和林裕昌回答："只觉得光荣，没有别的想法。在这样的环境里，锻炼了每个勘探队员的意志。"

提出油矿发展计划

1950年4月，春天的北京一片生机盎然，正象征着新生的人民共和国百废待兴。

4月13日至24日，中央燃料工业部在北京召开第一次全国石油工业会议，玉门油矿正式纳入国家燃料工业体系。

在此次会议上，玉门油矿军事总代表康世恩、经理邹明、探勘处处长孙健初、炼油厂厂长熊尚元、营运处处长高琨等9人代表玉门油矿出席会议。

第一次全国石油工业会议是新中国石油工业发展史上的一个重要里程碑。

在这次会议召开之时，新中国诞生仅仅6个月。当时，中国工业极为落后，石油工业更是弱小。1949年，玉门、延长、抚顺三地共生产石油产品12万吨，远远低于当时国家经济建设的需要。

这次会议对玉门油矿全体职工在新中国成立前夕护矿和新中国成立后几个月里的发展情况，给予了充分肯定。

在报告中，中央人民政府燃料工业部部长陈郁说：

石油工业是一种新兴的事业，我国石油工业现有微弱基础是在困难的条件下创造出来的。

地质勘探人员经常在荒山僻野与沙漠中间工作，冒着生命危险为石油工业献身，其吃苦耐劳的精神实足令人感佩。玉门油矿远处戈壁，克服了交通上的种种困难，始开发为今日全国较大的油田。

陈郁部长还强调说：

　　玉门油矿解放时没有停止过 1 小时生产，及时支援了解放军进军新疆。职工觉悟逐渐提高，生产效率已有初步改进，爱护祖国财产的观念也已慢慢树立起来。全矿职工发起节约运动，从废料中捡出 200 余吨可用的器材。这些器材本身的价值很大，仅就其运费计算，即约合小米 240 万斤，并又献交公物 900 余件。

陈郁部长对玉门油矿短短几个月里的工作作出这样高的评价，大大鼓舞了玉门油矿全矿职工奋发图强、发展石油工业的信心。

接着，孙健初代表玉门油矿在会上提出发展西北石油工业的设想。他认为，中国石油工业的发展，西北地区有着很大潜力，必须集中全力大量投资，向国外增购机器，对有希望之处从速勘探，尽量开发；同时训练人才，做有计划之发展，则自给自足之目标当不难达到。

最后，康世恩等人还向会议提交了《玉门油矿1950—1952年发展计划》。在《玉门油矿1950—1952年发展计划》中提出：

集中全力开发西北油矿。在今后5年内将各地石油工作人员和设备尽量集中西北，同时政府对于石油事业的投资和政策都以全力支持西北为原则，使一切人力、物力、财力集中西北运用，待西北石油事业建有基础，再注意其他地区的发展，以免力量分散。
…… ……

同时，为加快石油工业发展，《玉门油矿1950—1952年发展计划》还提出：

中国的石油工业主要在3年内恢复已有的基础，发挥现有设备的效能，提高产量。
…… ……
有步骤、有重点地进行勘探与建设等工作，以适应国防、交通与工业的需要。

这是一个宏大的石油工业发展设想，既考虑了眼前，又想到了长远；既设计了老君庙油田自身发展的步骤，又描绘了西北地区乃至全国石油工业的前景。

开展生产立功运动

1950 年上半年，获得解放的玉门油矿，从干部到工人个个喜气洋洋，干劲儿十足。

面对当时全国各地对石油的渴求，玉门油矿第二次职工代表会议决定在全矿职工中开展生产立功运动。

在油矿工会召开"迎接'五一'，开展生产立功动员大会"上，康世恩做了动员报告。

康世恩号召油矿全体职工，以自己的生产劳动成果和优异成绩，向新中国成立后的第一个五一国际劳动节献礼。他在报告中指出：

> 油矿从解放到现在，5 个月来，经过处理"四五"事件，评议工会会员两次群众运动，进行了比较深入的阶级教育，分清了敌我，打垮了反动思想在油矿存在的基础，培养了工人阶级主人翁思想，使工人阶级有可能运用组织力量来发挥主人翁的作用。

听到康世恩的报告后，玉门油矿的工人纷纷表示要带头立功。

工人张立国说："是共产党给我们翻了身，我们当然要报效共产党，争取多采石油！"

其他工人也激动地表示，一定要积极搞好生产，争取多立功。

于是，广大职工积极响应军事总代表和工会的号召，一场声势浩大的生产高潮迅速掀起。

在当时，玉门所在的祁连山麓依然被冰雪覆盖，冷风飕飕。然而，生产立功运动的热潮却一浪高过一浪。

白天，白雪衬托的井场、工地到处演奏着叮叮当当的劳动畅想曲。

夜晚，片片灯光，像天穹的星星，一闪一闪，向人们传递着立功运动的胜利喜讯……

修车厂、矿场装修部及机械部的工人们，在各自分工会的组织下，早就开始互相挑战、应战，开展竞赛。他们向军代表和工会写信提出保证，决心修理报废车辆，要叫"报废车复活"。

原计划修复 20 部报废汽车，竞赛中大家劳动热情十分高涨，利用业余时间加班加点，结果修复了 22 部。

原计划修复 400 多件汽车配件要用 700 多个小时，现在大家只用了 300 个小时就全部完成。

矿场各部职工掀起"人人立功"的生产热潮。电测站工务员王日才，不怕困难，苦心钻研，利用废旧料，研制成功"直流放大器"。过去测井一直是用两种放大器测一条曲线，放大倍数小又不稳定。

王日才研制的"直流放大器"测出的曲线非常准确

而且稳定，放大倍数高达150倍，并能测出两条曲线。

王日才因其富于创造的精神和一贯积极苦干的作风，受到职工的一致赞扬，被评选为劳动模范，还出席了1950年9月在北京召开的全国第一次劳动模范大会。

王日才是玉门油矿解放后的第一位全国劳动模范，也是知识分子中的第一位劳动模范。

"玉门出了一个劳模！"这个消息不胫而走，迅速传遍了整个玉门油矿。玉门石油职工和工程技术人员因此受到很大激励和鼓舞。

在当时，玉门油矿采油部为了新建和更换总长为4000多米的两条管线，土方工程很大，任务紧迫，人员不够，采油部的干部和职工都很着急。他们想：别的部门都进展很快，我们采油部千万别落后啊！

知道采油部面临的困难后，各部门职工踊跃参加义务劳动，支援采油部工作。

当时，分工会主任徐成华、技术员秦同洛等，同工人一起挥镐挖沟。许多职工手上起了泡，有的甚至出了血，但大家的劳动热情越来越高，大大加快了输油管线的建设速度。

结果，原预计用880个工的工作量只用了441个工，4月3日提前完成了两条管线的施工任务，正式输油供气，向"五一"劳动节献了大礼。

炼油厂的建设者们也不甘落后，从白天苦干到夜晚，要奋战两个月，依靠自己的力量安装真空、蒸馏、离心

艰苦创业

脱蜡三套装置，同时开炉，还要保证裂炼厂不停炉。

面对艰巨任务，炼油工人以巨大的热情参加生产立功运动。全厂职工群策群力，周密计划，一部分职工坚持正常生产，一部分职工参加检修开炉，使生产、检修两不误。

在当时，只有常压蒸馏和减压蒸馏等三套炼油装置，所产油品满足不了解放军西进部队和内地建设需要。

于是，军事代表和工会发动大家想办法，在现有炼油装置满负荷的情况下，再找新的增加炼量的办法。

经过工人和技术人员共同研究，大家决定把新中国成立前从美国购回、尚未安装的达布斯热裂化装置建起来。

决定作出后，大家立即行动，厂长熊尚元、总工程师龙显烈负责从设计、施工到试车开炉的全部技术工作。

两位老工人王宝山和杜秀全的手艺高超，是安装工程的多面手，不管是铆焊活还是钳工活，都干得精巧出色。哪里有难题他们就出现在哪里，他们成了安装达布斯热裂化装置的主力。

这样的技术活，过去都是在美国工程师指导下由技术人员干，工人根本插不上手。现在工人在技术人员的指挥下也能进行高技术的工作了。就这样，生产立功运动大大加速了工程进展。

这项工程一直延续到1950年10月，终于建成了达布斯式热裂化装置，并且试产一次成功，汽油、柴油的炼量和品质大大提高。

为此，全矿召开庆祝大会，石油总局副局长严爽向玉门油矿颁发了锦旗，并向毛泽东写信报喜。

随后，在炼油技术员戴玉如的建议下，油矿决定在炼油厂兴建二级蒸发塔。

这两件大事后来还被列为新中国炼油工业发展的两个重要的里程碑。

在热火朝天的生产立功运动中，油矿机关的职员们被工人群众的劳动热情所感动，主动组织起来，利用业余时间，在东岗工人宿舍区修筑了一条两公里长的道路，受到工人群众的欢迎，进一步增强了职工之间的团结。

由于广大职工生产热情空前高涨，各项生产指标一路上升。钻井效率提高 30%，汽油产量提高 13%，烧砖效率提高 43%，修复大量各种废旧器材，缓解了器材配件不足的困难。

在生产立功运动中，群众义务献工的人数达 3477 人，献工 1.8 万个，改进和发明机具 22 种。

5 月 2 日，油矿举行隆重的"五一"生产立功运动庆祝大会，500 多名职工立功受奖。

王日才、王宝山等被评为油矿第一批劳动模范。

玉门成功地为新中国献上了第一份"五一"大礼！

克服建设中的困难

1950 年秋天，祁连山麓已经是白雪茫茫。在玉门老君庙以东 14 公里处的三撅湾山谷里，寒风凛冽，井架上挂着冰溜，钻台上到处是冰层，在大山的衬托下，好似一幅严寒中的风景画。

这就是孙健初确定的，经过钻探大队地质工作队探测之后，于 1950 年 7 月 28 日开钻的探井 I－29 井。

施工中，司钻、钻工和技术人员们满身油渍和泥浆，衣服冻成了僵硬的板块，像是一张铁皮挂在身上。

当钻至 760 米预计出油的深度时，没有发现油层，职工情绪一时出现波动。

地质师杜博民发现这一问题后，立即采取电测工艺来录取井下资料。经电测录井，发现 868 米处有"逆掩断层"，必须再下钻百余米。

同时，采纳地质工作队的建议，做地层试验，全队职工一次又一次集中力量钻研，一直持续到第四天才实验成功，把 L 油层的液体取上来，使钻井工程得到可靠的地质参考资料。

为了保证探井质量，大队长史久光、地质师杜博民等经常在深夜不顾疲劳研究 I－29 井的情况，及时解决了许多施工中的难题。860 多米深的探井的井眼斜度保持在

1 度左右，创造了探井井斜不超标的新纪录。

10 月 12 日起钻时，天然气和原油突然雷鸣般地从井内喷出。

顿时，钻台上坚持工作的工人们被原油淋成了"黑人"。

看到三年生产发展计划中的第一口探井喷了油，职工们都高兴地跳了起来。

这口井喷油告诉人们：在三撅湾 I - 29 井以西至老君庙油田东缘地带，新增加的产油面积不但很大，而且油藏的原油性质与老君庙生产井的原油性质相似，这对今后 3 年内开发西北新的油田，在地质工作及钻井工程上得到很多启示。

就这样，玉门油矿第一口探井喷油了。

同时，在三年恢复时期，玉门油矿还开创了冬季钻井的先河。

玉门油矿地区海拔高、气温低，一年中有半年是冰冻期。新中国成立前，冬季不能进行钻井作业。

离老君庙油田 12 公里的青草湾构造，在第一次全国石油工业会议决定的勘探工作任务中，被列为甘肃河西地区 1952 年以前大力开发石油资源的"首要选择重点"，并要求迅速对其进行勘探。地质专家们对这个构造都寄予很大的希望。

1950 年冬天，刚从司钻提升为钻井队队长的郭孟和接受了钻探青草湾探区的艰巨任务。

这年冬天特别寒冷，据有人回忆：

> 暴风雪在千里戈壁上，像醉汉一样游来荡去；天冷得热水倒在地上，弯腰就可以拾起几块薄冰。

接受任务的当天，郭孟和就拿着图纸去找工程师，当时工程师有些为难。

郭孟和说："苏联可以在冬天打井，我们应该学习。"

工程师说："你是老内行，在乌苏油矿又跟苏联专家学习过，不妨先试试。"

晚饭后，郭孟和和队里的同志们一起商量，发动大家克服困难，打好冬季钻井的头一炮。

狂风呼啸着，飞雪不住地打着窗户"沙沙"作响，郭孟和的小屋里挤满了年轻的钻井工人。

郭孟和说："行不行，在人干。人家都说咱们钻井工人是石油工业最勇敢的尖兵，大小困难都不怕。党交给了我们光荣的任务，我们就要迎难向前，闯出零下30摄氏度钻井的路子，结束玉门油矿冬季不能打井的历史！"

接着，郭孟和和他的徒弟、司钻、钻工们商议着，叙说着他曾在苏联当工人的经历，回到祖国后在乌苏油矿，又到玉门油矿的10多年的钻井经验。

大家说着、议论着、琢磨着，如何保温、如何保持泥浆正常循环、如何使柴油机不息火，从井场地面到井架二层平台的桩桩件件、方方面面，大家都想到了。

然后，郭孟和又一一分工落实到人头。

几天之后，一座高高的钻塔在青草湾白茫茫的山坳里立起来了。钻机隆隆的声音有节奏地回荡在群山峻岭上空。

青一井是新探区的第一口井，也是在酒西盆地上打的唯一的深井。

开钻以后，钻进并不顺利，柴油机经常出毛病。为了尽快打完这口井，了解新构造的含油气情况，钻探大队调技术人员刘荫藩、李虞庚等加强青一井的组织领导和技术工作。

在钻探过程中，技术人员遇到了高压水层和膏盐层，只好加大泥浆比重。但膏盐进入泥浆后，泥浆流不动；等到起钻时，泥浆四溅，弄得人连眼睛都睁不开、浑身糊满泥水，两腿被泥浆烧得鲜红，设备工具上也到处是泥浆。

郭孟和看到这种情况就动脑筋制作了泥浆收回器，既避免了泥浆浪费，又减轻了泥浆对人的伤害。不久，郭孟和钻井队在青草湾钻井获得成功。

接着，老君庙 J－21 井、E－15 井于 1951 年 1 月冒着严寒先后开钻，钻进顺利，钻机利用率大大提高，打破了惯例，开创了玉门地区冬季钻井的先河，为高寒地区冬季钻井创出了经验。

玉门油矿工人在克服了寒冷、技术等障碍后，油田面积扩大很快。

1950 年至 1952 年，玉门油矿有重点地进行石油地质勘探，共完成地震测线 600 多公里，做地震剖面 100 多平方公里。

在河西地区第一次进行这样大面积的勘测工作，主要是由 1951 年 3 月在上海筹建的新中国第一个勘探队完成的。

这支勘探队的 20 名队员，于 1952 年 3 月中旬，在队长苏盛甫的带领下来到玉门，执行第一次全国石油工业会议关于大力开发西北石油资源的决议。

勘探队创建人翁文波专程从北京石油总局来到玉门，亲自指导地震勘探工作。

勘探队员从鱼米之乡的江南来到荒凉的戈壁滩上，抬眼望去，祁连山巅海拔 3000 米以上的积雪终年不化，与白云相间，云雪难分。四下远眺，常见有海市蜃楼。这里没有田园果木，有的是飞沙走石；没有人烟村落，却常见野狼出没……

这就是当年勘探队在大西北的险恶环境和艰苦的工作条件。

有人问勘探队技术员陆邦干和勘探队员林裕昌："你们感到苦吗？"

他们回答："只觉得光荣，没有别的想法。这样的环境锻炼了每个勘探队员的意志。"

在玉门矿务局地质处杜博民处长、地质师王鉴之的具体帮助下，勘探队员激情高涨，一边工作，一边唱着《勘探队员之歌》：

　　　　是那山谷的风，吹动了我们的红旗，

　　　　是那狂暴的雨，洗刷了我们的帐篷。

　　　　我们有火焰般的热情，战胜了一切疲劳和寒冷。

　　　　背起了我们的行装，攀上了层层的山峰，

　　　　我们满怀无限的希望，为祖国寻找出丰富的矿藏。

　　　　是那天上的星，为我们点上了明灯，

　　　　是那林中的鸟，向我们报告了黎明。

　　　　我们有火焰般的热情，战胜了一切疲劳和寒冷。

　　　　背起了我们的行装，攀上了层层的山峰，

　　　　我们满怀无限的希望，为祖国寻找出丰富的矿藏。

　　　　是那条条的河，汇成了波涛的大海，

　　　　把我们无穷的智慧，献给祖国人民。

　　　　我们有火焰般的热情，战胜了一切疲劳和寒冷。

　　　　背起了我们的行装，攀上了层层的山峰，

我们满怀无限的希望，为祖国寻找出丰富的矿藏。

这是多么宽广的胸怀啊！这批勘探队员从山清水秀的南方来到风沙弥漫的戈壁，住帐篷，喝苦水，粮食不能及时补给时就喝稀粥，没有蔬菜副食时就用盐水下饭，文化生活更谈不上。

但就在如此艰苦的条件下，无论是队长、技术员还是工人，大家都抢着操作仪器、扛炸药、搬运器材，冒着狂风暴雨，顶着烈日酷暑，从春天奔忙到寒冬。

面对困难，他们不无自豪地说：

我们为了给祖国找到石油宝藏，甘愿以苦为荣，以苦为乐！

勘探队的英雄队员们就是以这种高尚的品德和情操，在一年之中踏遍了青草湾、戈壁庄、白杨河、文殊山等很多地方，做了大量地震勘探测线，为进一步钻探提供了科学的地质资料。

钻井大队根据这些资料，钻探井 18 口，钻井进尺 1.68 万米，扩大了老君庙油田的面积，增加了地质储量，开辟了青草湾、石油沟、大红圈 3 个新探区，为进一步钻探提供了更为广阔的战场。

推动生产建设高潮

1950年7月以前，玉门油矿仍沿用"中国石油公司甘青分公司"的名称。

7月28日，根据第一次全国石油会议关于"大力开发西北石油，及自西而东、东西并举"的开发方针，燃料工业部石油总局成立了西北石油管理局，调康世恩任局长，杨拯民、邹明为副局长，后又任命张俊为副局长。

8月5日，玉门油矿结束军事管制，成立玉门矿务局，杨拯民任局长，熊尚元任副局长；同时，还成立中共玉门矿务局委员会，杨拯民任书记，焦力人任副书记。

新上任的玉门矿务局长杨拯民是著名爱国将领杨虎城的长子。他于1937年参加革命，历任关中军分区、延安军分区副司令员，骑兵师副师长兼党委书记，大荔军分区司令员等职务。

1950年4月，杨拯民主动请缨参加新中国石油工业建设。就这样，28岁的杨拯民满怀发展我国石油工业的豪情，来到玉门。

来到玉门后，杨拯民虚心地向油矿的技术专家和管理人员学习，听取他们对建设玉门、发展石油工业的意见。

同时，杨拯民还对油矿各方面的情况进行调查研究，及时、明确地处理各种现实问题。他特别注重学习生产技术知识，每周都要安排一两次专门研究地质、钻井、采油、炼油等方面技术工作的汇报，不懂就问，边听边学。

杨拯民虚心好学的态度、实事求是的精神，以及灵活果断的工作作风，赢得大家广泛的赞誉。

不论是原来甘青分公司的工程技术人员和职员，还是继续留在油矿工作的军事代表，包括此后来的军队转业干部，都很愿意和杨拯民在一起讨论问题、研究工作，对油矿的各项工作实施组织领导。

就这样，年轻的局长很快就成为团结全体干部和职工进行生产建设的带头人。

玉门矿务局成立后，在杨拯民的带领下，玉门油矿进一步改革旧的管理方法和制度，展现出新的活力、新的面貌。

从 9 月开始，玉门油矿建立起生产计划管理制度、车间成本管理制度、经济核算制度；改革了旧的工资制度，实行奖励制度和劳动保护制度。

为了贯彻第一次全国工业会议提出的"三年恢复"方针，玉门矿务局制定了 1950 年至 1952 年三年生产发展计划，分别对钻井工程、采油生产建设、炼油装置改建、生产技术改进和企业化制度的建立等主要生产建设项目和工作逐一落实。

这些计划和措施一经群众讨论，很快就变成广大职工创造性发展生产的革命热情。

各个单位纷纷表示，一定完成任务。

为此，各基层生产单位首先建立起必要的生产管理制度，相应的成本制度、合同制度、责任制度、安全制度、定额制度也陆续建立起来，对生产建设起了明显的推动作用。

许多单位还根据自己的实际情况制定了更具体的规定。

钻探大队制定了《生产井工作定额标准》和《实施生产井钻井工作定额标准奖惩办法》，实行后有效地提高了钻井效率和质量。

玉门矿务局坚决贯彻依靠工人阶级办企业的方针，积极推进民主管理，基本改变了原有组织结构和某些不合理制度，彻底改革了"半配给制"的历级工资制。

通过生产机构改组，改变了原来"矿、炼、工"三足鼎立的状况，初步建立了统一领导分层负责制，经民主推荐，组织批准，大胆选拔了一批工人、低级职员担任各级干部，并在民主改革和劳动竞赛中建立和发展了党、团、工会组织。

在当时，玉门油矿党委有 1 个党总支部和 19 个直属支部。在不断完善工厂管理委员会工作的同时，充分依靠工会的组织作用，通过宣传教育、组织发动，激发了广大职工群众的生产积极性和创造性，提高了他们当家做主的主人翁责任感。

在建立新型企业过程中，玉门油矿工会组织在开展生产立功运动取得成绩的基础上，更加广泛深入地组织和发动群众，继续开展爱国主义劳动竞赛，有力地推动了生产和各项工作的进展。

1950 年末，在抗美援朝战争中，职工们纷纷以自己的亲身经历，控诉美帝国主义和日本侵略者对中国人民犯下的滔天罪行，控诉国民党反动派倒行逆施、祸国殃民的罪恶，决心加紧生产，多产石油，以实际行动支援抗美援朝，保家卫国。

全矿职工还踊跃捐款，几天时间就捐献了购买一架战斗机的钱，有关部门将这架战斗机命名为"石油工人号"。

1951 年，在镇压反革命运动中，新中国成立前迫害石油工人的国民党特党部书记长、特务头子张振邦，矿警大队长李阳义，矿警中队长周雨三等反革命分子被公审处决。广大职工齐声欢呼，纷纷表示坚决以搞好生产的实际行动巩固新政权，建设新中国。

1952 年，在民主改革和"反贪污、反浪费、反官僚主义"的斗争中，清除了混在职工队伍中的封建把头和帮会头子，进一步激发了生产积极性，全矿上下广泛开展增产节约运动，把增加生产、厉行节约作为竞赛的主要目标。

各级工会在组织竞赛时，特别注意把执行各项企业管理制度作为重要的保证条件，逐步使企业管理建立在职工群众自觉的基础上。

钻探大队在钻凿 E – 15 井和 J – 21 井时，开展爱国主义劳动竞赛，把实行定额管理作为保证条件，各班严格按定额运行。因此，钻井时间分别比以前缩短了四分之一和三分之一，节省了 10 多只钻头。

机械厂把推行师徒合同作为保证条件，师傅们比谁教得好，学徒们比谁学得快，有效地提高了青年工人的技术水平。

在爱国主义劳动竞赛中，大力开展合理化建议活动。工会组织通过各种方式，提倡职工在生产劳动中动脑筋、找窍门，改进生产技术。

这项活动从 1951 年 9 月开始，从小到大，从简单到复杂，发展十分迅速。仅 1952 年一年，全矿采纳职工提出的合理化建议和技术改进就有 3036 件，创造价值旧币 60 多亿元。

根据张文吉、刘鹤岭建议研制的新型钻具，在起钻时可以泄流泥浆，冲洗钻头泥包，有震动作用，防止钻头微卡；刘荫藩建议把苏联牙轮取心钻头，加焊硬钢延长钻头寿命，避免了掉牙轮的事故，为国家节约资金达旧币 4 亿多元。一大批合理化建议初步改进了钻井技术，提高了钻井速度和钻井质量。

玉门油矿开展的爱国主义劳动竞赛，以小组活动为主要形式。以生产班组为单位的工会小组，根据自己所担负的生产任务，通过集体讨论，确定保证完成任务的目标和措施，作为全组人员共同遵守的公约。各小组之间相互挑战、应战，矿务局定期检查实施情况。

小组活动对于加强职工之间的团结、加强企业基层工作，起了积极的推动作用。

在当时，炼油厂汽油分厂王宽小组在竞赛中首先实行挂牌巡回检查法，做到了安全生产，合理化建议方面也取得优异成绩，最终提高了油品的产量、质量，节约了器材。

1952年6月，矿务局和局工会为了推广他们的经验，特地在《人民油田报》刊登了他们5月份的小组公约。公约内容是：

保证汽油生产任务超额5%，争取再超额2%；

保证彻底执行挂牌检查制度，严格交接班制度，全年不出事故；

保证与其他小组紧密团结，学习先进经验，克服缺点；

重点问题：注意二级蒸发塔的操作，提高油品质量及产油率，互相帮助提高技术。

为此，王宽小组先后多次被评为全矿务局的先进集体，受到西北总工会的奖励。

在王宽小组的带动下，玉门油矿各单位都出现了一批先进小组，成为做好企业各项工作的坚实基础。

在持续开展爱国主义劳动竞赛的同时，矿务局和工会组织还开展了多方面的工作。

在当时，根据职工群众渴望学习文化技术的要求，从 1950 年起，油矿开办业余学校，分设文化班和专业技术班，受到职工群众的欢迎。参加学习的人越来越多，从开始的 200 多人发展到上千人。

1951 年，油矿开办了汽车司机训练班。有 25 名职工家属中的年轻妇女从训练班毕业，成为合格的司机。

1952 年，她们驾驶着从苏联进口的新卡车为兰州运送油料，引起社会各方面的关注，被广大市民赞誉为新社会的新鲜事，一时传为美谈。

在西北石油管理局和工会的领导下，玉门油矿进行的劳动为玉门油矿三年恢复任务的完成奠定了基础。

恢复生产创造佳绩

1952年，在全体职工的共同努力下，玉门油田生产蒸蒸日上，不断创造新的成绩，为即将开始的大规模经济建设创造了有利条件。

1950年至1952年，油田的原油产量不断上升。

原油产量之所以不断上升，除了新钻井生产外，还因为修复了一批新中国成立前报废的油井。

尤其是1948年完钻后未出油的老君庙第一深井，在苏联专家莫谢耶夫的指导下，技术人员和采油工人精心分析井下地质资料，采用加热盐水冲洗循环和沙砾填充等措施，使其起死回生，投入采油。

与此同时，在新的体制建立后，采油厂在全面加强油井生产技术管理中实施了油井增产技术，对老君庙开发区的油井采取了间歇注气的措施，使原油中汽油含量从18%提高到21%，大大提高了原油的质量。

1950年全矿平均日产原油264吨，1951年平均日产原油374吨，1952年平均日产原油388吨。3年共生产原油37.54万吨，这是玉门油矿1939年至1949年原油总产量的73.49%。

随着原油产量的不断提高，玉门油矿的炼油能力也得到了提高。

新中国成立前，玉门炼油厂的离心脱蜡装置和溶剂油回收装置未能完工投产。

1950年，炼油厂职工在炼建工程队的帮助下，只用半年时间就完成了两个装置的建设，并一次试车成功。

接着，玉门又用4个月的时间完成了达布斯式炼油装置扩建工程，使炼油厂的汽油生产能力比1949年提高一倍，汽油收率由32%提高到56.5%。

安装新装置和改建老装置大大提高了炼油工人的技术能力和创造能力。

1952年，王宽炼油班创造出的"循回检查法"在炼油厂各装置推行后，促进了生产，减少了事故，裂炼装置创造了连续安全开炉110天的纪录。

新的生产管理制度的建立和工艺技术的不断完善有力地推动了生产。

1952年生产汽油4.9万吨、煤油1.66万吨，与1948年相比；分别提高了3倍和4倍。

同时，石油产品的平均单位成本大幅度降低，1952年比1950年下降13.15%。

在这一时期，玉门炼油厂生产的防冻润滑油，被迅速调往东北，支援入朝作战的中国人民志愿军部队。

在开发利用新技术、新工具，开掘新油井的同时，玉门油田还注重对旧、废工具的利用。

新中国成立前，油矿所用配件器材全靠从美国进口；新中国成立后，来源断绝，钻井生产陷入极其困难的境地。

钻探大队大队长史久光和老工人商量修旧利废。牙轮钻头的牙齿磨秃了，老气焊工就用气焊和焊丝在牙轮上堆出一个个牙齿，并且趁热淬火。

这个办法虽然土了一点儿，但是解决了问题，维持了生产。石油工业后来推行的修旧利废正是从玉门开始的。

在1950年至1952年的国民经济恢复时期，国家财政虽然非常困难，但还是投入了大量资金加强石油工业建设。

玉门矿务局珍惜一批又一批的国家投资，按照燃料工业部审定的三年发展计划，完成总投资工作量的100%，有力地支援了国民经济的恢复和抗美援朝战争，为玉门油矿的进一步发展，迎接即将开始的大规模经济建设，奠定了坚实的物质基础。

三、 夺油会战

● 工人对郑明廷说："你真幸运，你一到钻井队就遇上了一个好师傅。张师傅技术高超，待人热情，你会有出息的。"

● 焦力人兴奋地对大家说："鸭儿峡油田是一个大有希望的油田，只要我们拿出这样的气魄来，加速开发鸭儿峡油田是完全有可能的。"

师团转业赴石油战线

1952 年，广阔的中国大地到处生机盎然。

随着国民经济 3 年恢复的完成，特别是在当时中央正在积极抓紧制定第一个 5 年计划，此时国家的各行各业都面临着快速发展阶段，而作为工业血液的石油变得非常紧缺。

作为石油工业负责人的康世恩感到肩头任务的艰巨，因为当时中国石油形势不容乐观。

原来，第二次世界大战之后，石油被看作是重要的战略物资，是国家实力和国际优势的基础。

20 世纪 50 年代初期，亚洲部分地区石油市场上石油供给量实行了配给制。由于新中国正处在恢复国民经济建设时期，再加上朝鲜战争的爆发，世界上一些帝国主义、资本主义列强，企图用经济封锁把红色中国扼杀在摇篮里。对新中国实行石油禁运，便是它们采取强权封锁的手段之一。

刚刚从战火硝烟中诞生的新中国的石油工业的基础十分薄弱，如此大的一个国家，全国仅有延长、玉门、独山子油矿。石油工业成为国民经济和国防建设中的"短腿"。

对于这一情况，中央高度重视。

1952年，陈云、李富春副总理给中共中央西北局书记习仲勋写信指出：要大力开发西北天然石油，将石油工业放在今后国家工业建设的重要地位，对陕北和甘肃河西地区的石油勘探与开发，予以支持和重视。

1953年，毛泽东、周恩来就石油工业的发展问题，征询地质部部长李四光的意见。

毛泽东认为，要进行建设，石油是不可缺少的。天上飞的、地上跑的，没有石油都转不动。

根据新华夏系沉降带理论，李四光认为在中国辽阔的领域内，天然石油的蕴藏量应当是丰富的，关键是要抓紧做地质勘探工作。

也就在这一年，朱德总司令对康世恩说：

> 现代战争打的就是钢铁和石油。有了这两样，打起仗来就有了物资保障，没有石油，飞机、坦克、大炮不如一根打狗棍。我要求产一吨钢铁，就产一吨石油，一点儿不能少。

作为西北石油管理局局长，康世恩更是非常着急。他心里在想：中国是世界上发现和利用石油最早的国家之一，然而，当时一年所需的500多万吨石油绝大部分需要进口，国家有限的外汇大部分用在了进口石油上。

"一五"计划中的201万吨石油从何而来？尽管石油工业在三年国民经济恢复时期取得了可喜的成绩，但远远没有跟上国民经济的发展形势。

1952年3月25日夜晚，康世恩伏在桌前，认真写了一份"关于调拨一个建制师担任第一个五年计划中发展石油工业基本建设任务"的报告。

康世恩要向石油宣战了！

这份报告是康世恩代表西北石油管理局上书燃料工业部陈郁部长并转呈朱德总司令的。

康世恩对此报告十分重视，在起草报告时，两眼直盯着报告，慎之又慎，推敲了再推敲。

在报告中，康世恩写道：

为了完成年产350万吨天然石油的伟大计划，在5年内需增加老的党员干部，自区委级至部委级，300余人作为领导骨干。其次需要技术干部50人、管理干部640人、技术工人8500人、普通工人4000余人，共需增加职工约1.7万人。

这样大批的干部和工人的来源，在西北是有很大困难的。我们除积极招收青年知识分子开办各种短期训练班、速成班，培养初、中级技术干部和管理干部外，另建议中央在天津大学内设石油学院，清华大学内设一石油系，培养较高级的技术干部。这样下来，仍仅能解决一部分干部问题。至于技术工人的培养和老党员干部的来源，我们拟请军委在整编部队时，一次拨给一个建制师，加以训练改编成石油工业建设大军。战士可大部分培养为技术工人，部队干部可作为领导骨干。这样可基本解决问题，使石油工业能较迅速顺利地发展起来……

没有距离便没有观察，没有观察便没有发现。经历了战争与和平，石油工业大发展的壮阔场面被时代的强音呼之欲出。

在康世恩提交报告前，毛泽东、刘少奇、朱德、周恩来等中央领导同志就曾召开专题会议，研究人民军队参加国民经济建设的问题。当时会议作出决定：

中央将调发动整个建制师转业参加经济。

所以，当康世恩的报告送到中央最高决策层时，中央人民政府、人民革命军事委员会果断决策，决定将中国人民解放军第九军五十七师改编为石油工程第一师。

于是，一场发展石油工业的大战即将打响了。

转业军人到达玉门

1952 年 7 月 1 日，在党的生日这天，解放军第五十七师召开了党的代表大会。

会上，在热烈的掌声中，微笑的目光中透露着谦逊和自信的师政委张文彬步态稳健地走向大会的主席台中央。

登上主席台后，张文彬代表师党委作了报告。在报告中，张文彬指出：部队从国防现代化建设的战斗前线，一下子要转到工业战线上来，是一个很大的思想转折。

早在陕南解放时，针对部分指战员战争胜利后，"解甲归田，马放南山"的思想，师党委曾集中较长一段时间在部队中进行了"树立长期革命""军事职业家""永远是一个战斗队"的思想教育。

因此，现在突然又要让士兵脱掉军装换上工作服，许多人是想不通的。

有的士兵说："搞石油还不如回家种地，不如让我们回家种地吧。"

也有士兵说："搞石油我们不会，我们还是希望继续当我们的军人。"

针对这种思想状况，第五十七师师党委组织广大指战员认真学习毛泽东主席的命令和上级的指示，进行人民军队全心全意为人民服务的宗旨教育。

同时，师党委还向士兵阐述了发展国民经济的重要意义，大讲发展石油工业与国民经济建设的关系，鼓励官兵大力发展石油工业。

党代会的召开，如同黎明前的军号，使全体官兵的思想沿着正确的轨道健康发展。

全师官兵一致认为：

> 石油工业是国家的基础工业，石油又是重要的国防战略物资，为了加强石油勘探开发，改变石油工业的落后状况、解决国民经济和国防建设的急需。军委决定将五十七师成建制地改编为石油工程第一师，是一项英明的战略决策，是对五十七师全体指战员的充分信任，任务是极为光荣和艰巨的。

于是，军营里，朗朗的笑声展示着战士们即将奔赴新战场的豪情，展示着共和国军人建设祖国的决心和信心。

1952年夏天，热浪席卷陕西南部，汉中大地骄阳似火，酷热难当。

8月1日，在陕西汉中城北校场，第五十七师隆重举行了庆祝八一建军节阅兵大会。

这是一次军事、文化、体育的大检阅，也是一次思想素质和旺盛士气的大检阅，更是一次转战石油的誓师大会！

校场上，彩旗飘扬，军威雄壮，第五十七师辉煌的历史翻开了新的篇章。

誓师大会开始后，师政委张文彬走向主席台中央，举起手臂向全体官兵致以军礼。

随后，张文彬宣读了中央军委关于第五十七师转业为石油工程第一师的命令，同时宣布了对第五十七师的任命：

> 石油工程第一师师长张复振，政委张文彬，副师长张忠良，参谋长陈寿华，政治部主任秦峰；一团团长陈如意，政委许士杰；二团团长贾振礼，政委陈宾；三团团长王有常，代政委宋振明。

1952 年 10 月，师政委张文彬和政治部主任秦峰带领 118 名排以上干部来油田参观学习，受到玉门矿务局的热烈欢迎。

杨拯民局长说："石油师是人民的功臣，玉门矿务局各单位务必在力所能及的条件下，全力以赴保证他们的衣食住行。在最短的时间内，创造条件，毫无保留地将油矿行政管理、钻采技术、操作要领等技术传授给他们，共同建设祖国的第一个天然石油基地。"

听了杨拯民的话，广大解放军官兵备受鼓舞。

根据西北军区和西北石油管理局的部署，在陕南组织文化训练团，到1953年10月底，训练出高小文化程度的官兵914名、初小文化程度的官兵249名，为掌握技术打下了基础。

二团于1953年10月先后从汉中分期分批到玉门实习基建安装、土木建筑、机械、水电、采油、炼油等工种。

三团于1952年11月开始在陕西汉中训练汽车司机。到1953年4月中旬，经过140天时间的紧张学习，三团培训司机1226名，此后相当一部分司机到了玉门油矿负责原油东运的任务。

从此，石油师全体官兵按照不同的岗位和任务，义无反顾地踏上了石油征途。

解放军官兵加入第一个天然石油基地的建设，为油矿带来了解放军的优良传统。他们作风过硬、纪律严明、雷厉风行，是油田建设中一支虎虎生威的铁军。

知识分子投身玉门建设

1953 年，我国国民经济进入有计划建设阶段，并开始执行第一个五年计划。

这个五年计划的基本任务是：

> 集中主要力量建设 156 个大型项目，以此来奠定我国社会主义工业化的基础。

玉门油矿的建设被列入国家 156 个重点项目，并明确提出要求：

> 在 1953 年至 1957 年期间，把玉门建成一个包括地质勘探、钻井、采油、原油加工、机械制造和科学研究门类齐全的石油工业基地。

石油基地的建设急切地盼望着更多的生力军。一时间，数万人马从祖国各地汇集到祁连山下的石油河畔。

当时，这支建设大军的大体人员构成一是新中国培养的大中专毕业生，二是解放军复转官兵，三是从上海、陕西、甘肃河西走廊招收的青年徒工。

新中国成立时，我国地质勘探人员极少，专门培养这方面人才的学校也寥若晨星。

然而，幅员辽阔的国土究竟有多少资源和宝藏，却急需探查。于是，党和政府号召青年学生"到矿山去"。

当时，一首曲调昂扬的《地质勘探队员之歌》迅速唱红了大江南北。

很多城市的街头立起了巨幅宣传画，上面是身背地质包、手拿地质锤的女地质队员。

很多青年学生唱着这首歌，看着这幅画，踊跃报名学地质，干地质。很多大学和专科学校也设立了地质专业，办起了地质速成班。

这是我国大量培养地质人才的开始。一时间，在中国学地质、干地质，成为20世纪50年代青年人的一种时尚和向往。

作为中国石油工业第一主力的玉门油矿，更是吸引了一批又一批刚走出校门的大中专学生。他们响应党和国家的召唤，告别城市，远离家乡，从四面八方汇集戈壁油田，奉献火红的青春。

仅20世纪50年代，全国共有5267名全国各类高等院校毕业生来到玉门油矿，其中大部分来自清华大学、北京大学、燕京大学、北洋大学、交通大学、南京大学、重庆大学和北京石油学院等10余所重点名校。

1951年，清华大学的毕业生们贴出决心书，要求到祖国最艰苦、最需要的地方去。早已是地下党员的赵宗鼐、金钟超和同学梁秉维、罗梯夫及两位北大的学生刘德明、杨敬仪，意气风发地来到玉门油矿。

赵宗鼐等人和石油基地一道迅速成长。他们连同解放军就已在油矿工作的近千名知识分子，形成了一个很大的石油知识分子群体。其人数之多，所占比重之高，在当时全国职工队伍结构中也是非常可观的。

玉门的知识分子群体是一个很有特色的群体。老一代知识分子是抱着科学救国、实业救国的理想来的，他们是玉门油矿的开拓者和奠基者。他们中的很多人都曾留学欧美，学识渊博，在技术上和地质理论上，受欧美影响较大。

新中国成立后来油田的知识分子，他们年轻有为，敢想敢说，意气风发，是建设新油田的中坚力量。在当时的时代背景下，他们在石油技术和地质理论上则受苏联影响较大。

于是，两种当时在世界上都很先进的石油科技理念，在偏远的中国玉门油矿得到融合，并在大规模的石油基地建设中被充分施展运用。

这也成为玉门的技术人才能够迅速成长的时代背景。

玉门矿务局在组织石油基地建设这个重大战役中，充分相信和依靠知识分子，给了他们很大的关怀和爱护。

在当时，尊重知识分子，重用知识分子，学习科技知识，苦练基本功，是油矿的一道风景线。

此时，不过30岁出头的杨拯民局长更是身先士卒，对知识分子尊重有加。他平易近人，特别善于和知识分子打交道，遇事总是先听取他们的意见。

玉门石油基地的大规模建设是知识分子大显身手的演练场，也是锻炼他们的大熔炉。后来东部大油田的发现，为玉门知识分子脱颖而出又提供了广阔的天地。这些人才为玉门石油基地的建设作出了不可磨灭的贡献，成长为共和国的优秀人才和石油工业的顶梁柱。

在这支"摇篮"早期的知识分子队伍中，出了5位中国科学院、中国工程院的院士，好几位共和国的部长、副部长，有40多人成为厅局级领导，许多人担任了石油部和各大油田的总地质师、总工程师，还出了一大批教授级高级工程师、博士生导师和国家级有突出贡献的专家。

新中国石油工业出现了很多个"第一"：第一口定向井、第一口斜井、第一口双筒井、第一次清水钻井、第一次注水、第一次压裂……

这么多"第一"都是和玉门油矿联系在一起的，也是和这批知识分子的名字联系在一起的。

油矿开展学习运动

1954年3月，随着千军万马汇集油田，经西北局同意，中共玉门矿务局委员会改称为"中共玉门油矿委员会"。

1954年5月18至26日，中国共产党玉门油矿第一次代表大会召开。

会上，杨拯民代表油矿党委向大会做《增强团结，为建设祖国第一个石油基地而奋斗》的工作报告。

杨拯民明确提出：

> 全体共产党员、共青团员和职工群众团结一致，艰苦奋斗，要把玉门油矿建成一个年产100万吨原油的石油基地，并力争在酒泉盆地勘探出第二个老君庙油田，适应国家工业化的需要，完成国家赋予的光荣而艰巨的任务。

油矿党委发出的号召立刻得到全矿职工的热烈响应，生产积极性空前高涨。

这时，一个突出的矛盾也出现了，这就是队伍扩充快，钻井队由1953年的6个，到1954年初猛增到46个，人员也达到4200多名。但是技术工人少，大部分工人文化底子薄，虽然心气很足，可在很多地方有劲儿使不上，急得团团转。

面对此情况，杨拯民和矿务局其他领导深入到技术人员和工人中间，很快形成共识，决定在全矿掀起学技术、学文化的高潮，配备最好的工程技术干部，创造一切条件，让石油师转业官兵和其他新工人在最短的时间里能够顶岗工作。

为此，矿务局还出台了《矿务局各类干部培养办法》《矿务局工人管理办法》等一系列规定措施。

很快，一个争先恐后学文化、学技术的热潮，迅速在油矿形成。文化补习班、技术讲习班、培训班、轮训班相继开课，人们踊跃报名学习。

1954 年，新华书店在油矿职工中销售各类新书 25.8 万多册。从新华书店分类发行数字看，售出的科学技术书刊达到 3.6 万册，占全部发行量的七分之一，平均每人订一份报纸或杂志。

同时，矿务局还有计划地培养技术人才，开办了地质、钻井、采油、机械等技术训练班 418 个，仅钻井处、采油厂、机械厂这 3 个单位就有 1900 多名干部、工人参加学习，提高了干部、工人的技术等级。

1955 年 3 月，矿务局专门成立了教育处，主管全局职工的培训、教育工作。

9 月，矿务局又成立了玉门矿务局钻探技工学校，首批学员 300 余名跨进了学校的大门。

1956 年，油矿积极响应党中央"向科学进军"的伟大号召，全矿 70% 以上的技术干部先后制订了各种各样的个人学习和进修规划。

同时，油矿还先后开办了干部业余学校、中等技术班、俄文班和一些专业培训班，参加学习的共 2500 多人。油矿在中坪、南坪、三台、新市区、八井设立业余文化学校，有 14 个初中班、26 个高小班、27 个初小班，学员约 5000 人。另有 1 万余名职工参加了文化扫盲学习。

通过学习，进一步调动了职工掌握先进技术、提高劳动技能的积极性。数百名技术人员得到提升，其中技术员升为工程师的，1955 年有 190 多名，1956 年有 105 人。由工人提升为干部的有 518 人。

大批学徒和工人经考核也升了级，仅 1955 年就有6218 名工人由于技术水平提高而升了级，1867 名工人被培养为各类干部。

在大学文化技术的过程中，本着"干啥学啥、缺啥学啥"和"以工作培训为主，脱产轮训为辅"的原则，创造了很多好方法。比如订立师徒合同，"一帮一、一对红"等。

针对订合同，杨拯民还代表矿务局提出要求，由共青团牵头，行政、工会协助，明文规定"徒弟升级，奖励师傅"和"升级考试，评定工资"。

在蒋麟湘、史久光、刘荫春、张克勤等许多工程技术人员的指导下，在郭孟和、王登学、傅积隆、王化兰、陶福兴、梁文德、张永吉、田文宽等一大批老工人、老技师的帮助下，复转军人和年轻工人进步很快。

其中，张永吉教徒弟的故事更被传为佳话。

张永吉是郝凤台钻井队的钻工。有一个叫郑明廷的年轻人被招工到玉门分配到钻井队当学徒。当郑明廷还没有见到师傅时，别人就跟他介绍说："你真幸运，你一到钻井队，就遇上了一个好师傅。张师傅技术高超，待人热情，你会有出息的。"

郑明廷跟着张永吉上的第一个班就是保养设备。张师傅叫郑明亮到值班房取个调整离合器的扳手来，郑明亮就一路小跑拿了一把来，师傅一看摇头说："不是。"他再拿来一把，师傅还是摇头说："不是。"

一连取了三次，前两次他都拿来了不同规格的扳手，第三次取来的是 10 毫米的竹节钩形扳手，张永吉才说："对了，就是它。"

接着，张永吉对郑明廷说："你三次拿了三种不同规格的扳手，这样你就能把它们的样子记住了，也学到了它们在什么地方用。"

同时，张永吉又耐心地给郑明廷讲解了调整离合器的具体方法。在张永吉的认真辅导下，郑明廷进步很快。

"师徒合同"是岗位学习技术业务的形式，是培养初级技工和新工人的一种好方法。

对于高级技工的培养，在全面推广"快速钻井法""涡轮钻井法"等新技术、新工艺的过程中，钻井部门拟

●夺油会战

订并实施了《高级技工系统培养办法》，大体分为三种形式：

第一种是举办轮训队的形式。把轮训队办成技工技术学校，有计划地分批从各钻井队抽调四五级以上的技工脱产到轮训队来，进行长时间的培训，着重从理论上提高。

第二种是培训钻井队。按期抽调一批钻工，配备新型钻机及配套设备，按照钻井队建制设立岗位，并有专门技术人员指导，每个人都有比在一般钻井队较多的操作机会，而且是老师指导下进行，不懂的随时问，操作不正确的及时得到纠正。

第三种是在职职工的技术训练。要求各钻井队按照安全措施，在"生产安全两不误"的原则下，加强岗位操作训练，不断提高操作技术能力。

通过以上三种方式，使高级技工的技术水平不断提高，在很大程度上适应了钻井新工艺技术的全面推广和钻井水平的大幅度提高。

在学习技术和文化的过程中，石油师和其他的转业官兵放下架子，甘为学徒，用战争年代那股冲劲儿、拼劲儿，克服自身文化低的困难，刻苦学习，取得了很好的成绩，迅速成为生产骨干。

分在钻井处的战士们虚心向师傅学习，钻研打井技术。通过几年实践，他们先后掌握了涡轮钻井法、斜向井钻井法、双筒钻井法和空气钻井法等先进钻井技术，90%以上的石油师人已成5级或6级工人。在钻井处的17个钻井队长中，石油师的转业军人已占到78%，并且涌现出了37名局级劳模。

分配到基建工程处的1500余名官兵放下拿惯了的钢枪，拿起了焊枪、瓦刀和铁锹。基地建设所需的砖、灰、石、大宗土方、预制材料，全要通过他们的双手来完成。

来到运输处的1200多名转业官兵当上了汽车驾驶员。那时汽车很少，驾驶员是令人羡慕的岗位。但是，其中的甘苦也是十分令人回味的。

刚分到运输处学驾驶，用来教练的车太少，很多战士没有摸方向盘的机会。他们回到宿舍就拿着椅子当车来练，嘴里还模仿着油门的轰鸣声。

就这样，全团1237人有1226人考取了驾驶执照，合格率达99%。他们很快就在茫茫戈壁上承担起了原油东运的任务。

从1953年11月1日到1956年7月1日，在2年8个月的时间里，这支戈壁运输队共运出原油22万吨，胜利完成"一五"期间国家交给玉门矿务局的原油东运任务。

石油师转业队伍在玉门经受了锻炼和考验，成长为一支最能吃苦、最有战斗力的队伍。他们参加了克拉玛依、柴达木盆地、大庆等一系列石油会战，使中国石油工程第一师的战旗更加鲜艳。

康世恩曾高度评价石油师对石油工业的贡献，并亲自总结了石油师为社会主义建设虚心学习、有高度组织纪律性、保持艰苦奋斗优良传统等三大特色。

通过学习，玉门从干部到工人，从知识分子到转业军人、新招工人，都获得了很大提高。玉门油矿在建设第一个天然石油基地的过程中，一支思想过硬、作风过硬、技术过硬的职工队伍在同步成长。

苏联专家帮助建设

1953 年，玉门油矿开始大规模建设后，有许多苏联以及社会主义阵营的专家和工程技术人员来到玉门，帮助玉门油矿工作，分别担任地质勘探、钻井、油田开发、原油加工、发电、机械制造和原油运输等部门的技术指导。

专家们知识渊博，经验丰富，帮助解决了油田开发建设中的许多重大问题，为新中国的经济发展和石油工业的建设付出了辛勤的劳动。

苏联专家们在地质勘探、钻井工程、石油开采、炼油加工等石油工业的重要方面，不仅给予了具体的指导，还支援了器材和设备，帮助培养了不少技术和管理人员。他们在玉门油矿留下了许许多多感人至深的故事。

1953 年 10 月 6 日，苏联专家特拉菲穆克带领一个 6人高级石油地质专家组来华，全面考察中国石油地质，并帮助编制我国石油工业第一个五年计划。

苏联专家组的阵容很强，特拉菲穆克是建立苏联第二巴库油区的功勋地质家，苏阔洛夫是地质古生物学家，萨依多夫是中亚陆相地层找油专家，库卡平是石油地质专家，拉费鲁什克是采油专家。

特拉菲穆克矮胖敦实，额头上深深的皱纹，既是他长期在野外勘探奔波的印记，也是深思熟虑的特征。他的目光总露出地质学家的胆识，给人以深刻印象。他素养很高，生活中开玩笑什么都说，干起工作则是一丝不苟，讲起话来绝无虚词。

康世恩和苏联专家组来到玉门，虽然时令还是深秋，但塞外戈壁油城已是北风凛冽，雪花飘飘。

抬头极目远眺，但见终年披着雪甲的祁连山，银装素裹，分外妖娆。

茫茫戈壁，早已是一片银白，恰如时任玉门矿务局党委宣传部部长诗人李季所写的那样：

> 茫茫的山野，变成了一片雪海，
>
> 我们的油矿，就像是雪海上的巨船。

康世恩和专家组到老君庙油田考察，确定油田的驱动类型；到干油泉考察油苗露头，探寻油田扩大储量的可能。

在东南方向距油田 20 多公里的丘陵之间，有一个正在钻探开发的油田，这就是石油沟油田。

这里处在雪山脚下，寒风更加刺骨，但隆隆的钻机声仍显示出生命的顽强。专家们顺着山谷间流淌的石油河水上行，深入到祁连山腹地，考察地层年代。

油矿的北面是名不见经传的马鬃山。西汉时著名将领霍去病曾在此安营扎寨，屯垦戍边，抵挡匈奴对中原的进犯。翻越此山往北不远，便是中蒙边界。

在这片古战场上，专家组看到世世代代生存在这里的老百姓的生活还很艰苦，衣不遮体，面呈菜色。

特拉菲穆克对康世恩说："我们应该多找油，让他们的生活好起来，有衣服穿，有饭吃。"

新中国成立前玉门油矿的开发基本上处于原始和自然状态，没有进行过储量估算和编制开发方案一类的工作。

在老君庙油田的考察中，根据特拉菲穆克"老君庙油田是边外弹性驱动类型的油层"，专家们确定了油田驱动类型，为进一步发挥油田潜力提供了理论依据。

根据特拉菲穆克的建议，玉门矿务局成立了中国第一个注水区队，王林甲成为中国第一个注水工程师。

1954年12月27日，M-27井开始注水，增强了地层压力，驱动原油流出地面。

这第一口注水井标志着玉门油矿进入一个新的开发时期，并为后来我国东部油田提供了注水开发的成功经验。

在结束玉门油矿的考察后，特拉菲穆克发表了几点具体意见：

> 甘肃石油地质条件好，沉积盆地多，沉积岩分布面积广，已找到现在的油田，只是勘探程度太低，今后找油希望大。

　　这是特拉菲穆克在这次考察活动中第一次发表的系统意见。虽只有几条，却已深深打动了康世恩，为玉门油矿的工作提供了有利的参考。

　　在玉门考察期间，有一天，特拉菲穆克收到一封电报，是苏联科学院的通知和贺电，说他已当选为苏联科学院通讯院士。

　　当天晚上，康世恩设宴庆贺特拉菲穆克荣膺通讯院士。专家组的同志和矿务局的同志都为他举杯祝贺，给他送了一面锦旗。

　　特拉菲穆克非常感激，在异国他乡度过了一个很有意义的夜晚。

　　苏联专家莫谢耶夫多次来玉门油矿考察和帮助工作，亲自在生产现场指导新技术的推广，注重对中国石油工程技术人员在理论上给以启发。

　　莫谢耶夫常常同地质队和采油厂的负责人讨论钻采以及地质方面的问题，把苏联的先进技术和工作经验介绍给中国技术人员。

　　在中国第一个天然石油基地建设过程中，先后有40多位苏联专家来油矿帮助工作，对设计、钻井、采油、炼油、地球物理、地质勘探、科学研究等方面的工作提出了近千项重要建议，对加速石油基地建设起了重大作用。

　　在当时，"死"井复"活"是苏联专家的一项重要建议。老君庙 8 号井在 1941 年 10 月 22 日钻至 449 米处发生强烈井喷后就报废了。之后几年，常有这类事故发生，油井全部报废。

到 1949 年，报废油井率达到总井数的 30% 以上。人们通常把这种井称为"死井"。

莫谢耶夫作了大量调查后提出建议："复活废井。"他说："修复一口井比新建一口井省很多钱，重要的是能保护整个油田。"

根据专家建议，矿务局从钻井大队抽调几个钻井队，承担报废井的大修任务。

由于缺少经验，修第一口井时只打了 30 多米就发生了井喷。油雨四溅，泥浆乱飞，工人们一身泥浆一身油。接着，又连续井喷多次，人们觉得比打新井还苦还累。工程技术人员怕修不好，也有思想顾虑。

在修井过程中，工人们体会到，修井就像是医生看病，要先摸清病情，然后才能对症下药。

10 号井和 8 号井的情况不同，不光上喷，还下漏。井一打开，强烈的天然气直往上喷，喷了一天，很难收拾。接着是漏，用了 20 多吨羊毛、石头、麦草、红土都没有堵住，最后是用注水泥的办法堵住了井漏。

由于每口井的报废过程不同，修井的具体措施也不可能一样。工程师和工人们集思广益，根据每口井的情况提出每口井的施工措施。

从钻井队转为修井队，看上去简单，实际上比钻井

夺油会战

复杂多了，也辛苦多了。

在实际工作中，他们学到了苏联的先进经验，也学到了许多新技术，不仅为国家增加了原油产量，每复活一口井比新建一口井要为国家节省旧币 10 亿多元，而且保护了油田。

在"死"井复"活"的同时，苏联专家还注重对方法的引导。

1953 年 5 月，苏联专家魏盖林到玉门油矿后提出了"重压，大泵量，配以适当钻速"的快速钻井方法。

对于推广苏联的快速钻井法，20 世纪 50 年代钻井处老君庙第二区队 3219 钻井队长王化兰，曾有这样的回忆：

> 过去，我们按照老法子打井，柴油机不敢开快，钻头压力也不敢放大，钻进很慢，并且常发生事故。自从学习了苏联的快速钻井先进经验以后，我们的钻进速度不断提高。

以前，像王化兰这样的先进钻井队，一天最多也只能打五六十米，创纪录的成绩是一天最高钻进 150 多米。但钻井队执行了"重压，大泵量，适当钻速"的快速钻井先进经验，钻井效率迅速提高。

1955 年 4 月，在白杨河 7 井钻进中，王化兰队日进尺 372.7 米，创造了全国新纪录。

在推广"快速钻井法"的过程中，魏盖林又根据酒泉盆地的地质情况，提出在钻生产井时用清水代替泥浆的建议，取得了好的效果。

当时有 15 口井采用清水钻进，降低钻井成本 10%，钻井速度提高了 35%。

"快速钻井法"推广以后，许多钻井队连连创造新纪录，钻井速度日日上升，日进尺由 150 米提高到 234.3 米；月进尺由 500 米提高到 1293 米；平均每台钻机每月的钻井速度比 1952 年提高了 4 倍多。这对于完成建设石油基地的勘探开发计划起到了重要作用。

在当时，第一口定向井是在苏联专家的具体帮助指导下打成的。

1955 年 7 月 16 日，老君庙 C－215 井井场上，一切钻前工作都已准备就绪。与平常不同的是，从局到处钻井部门的负责人和钻井工程技术人员都来了，大家等待着中国第一口定向斜井的开钻。

此时，苏联钻井专家阿辽亨走上钻台，指导中国工人按专业进行分工，并亲自操作钻机。

开钻以后，阿辽亨帮助工人掌握操作技术，对钻进中可能出现的问题做了分析，提出了预防和处理的建议。

同时，阿辽亨非常重视钻井工程中的节约问题，针对钻井用水量大、用汽车运水耗费很大的问题，就曾建议就地取材，设法利用地层水钻井。

在建立正常生产秩序方面，在培训工作方面，在安全生产方面，阿辽亨也提出了很多好的建议。

C-215 井钻进正常以后，阿辽亨于 8 月间离开玉门前往青海柴达木盆地石油探区工作。

1956 年 2 月 15 日，以柯赫工程师为首的苏联斜井钻井队来玉门油矿传授钻凿定向井技术。

3 月 11 日，由中苏钻井工人共同钻进的老君庙 648 号定向井开钻，6 月 22 日钻完并试油，井深 1745 米。

苏联专家魏盖林、阿辽亨、柯赫等在玉门油矿工作期间，先后指导王登学钻井队、王化兰钻井队、王进喜钻井队，打成了中国第一口定向斜井、第一口双筒定向斜井，第一次利用原子能同位素放射性测井新技术试验成功，第一次运用多芯电缆射孔及取心工艺成功。

50 多岁的老钻井队长巴巴耶夫还带着他的钻井队，到中国来传授涡轮钻井和定向钻井的技术，在老君庙亲自示范大泵压快速钻井。

由于他们的言传身教，油矿普遍推广了"快速钻井法""涡轮钻井技术"，创造了日钻井进尺、月钻井进尺、年钻井进尺的全国纪录，钻井平均月速度比推广新技术前提高 47.7%，每米钻井成本下降 2.6%。

苏联专家的帮助，对玉门油矿"一五"目标的完成提供了有力的保障。

新油井顺利出油

1953 年，国家第一个五年计划开始时，中央在对燃料工业的指示中明确指出：

> 必须把地质勘探工作提到首要地位，必须采取一切有效办法，迅速加强地质勘探力量，并做好基本建设工作。

"河西走廊甩开勘探"的决策，就是在这样一个大背景下提出来的。

河西走廊东起甘肃中部兰州附近的乌鞘岭，西至历史文化名城敦煌，南傍绵延千里的祁连山，北有马鬃山、照壁山等山峦环绕，形成东西长、南北窄的狭长地带。在长达千余公里的狭长地带上，戈壁盆地遍布其间。

为了做好对河西走廊的石油勘探工作，玉门矿务局组织30 多个地质勘探队，在将近20 万平方公里的辽阔国土上，展开了普查、详查、细测工作。

新中国的第一支地震队是由我国著名地球物理学家翁文波亲手组建的。

1952 年，他们首次运用地震方法在玉门地区进行勘探。地震队先是使用美国制轻便 12 道地震仪和苏联制

CC-48-24 地震仪，后来进入第一个五年计划期间，全部装备苏联制造的"51"型地震仪。

随着地质勘探工作的逐步展开，1953 年成立了酒泉地质大队，开始应用磁力勘探技术。

到 1954 年，地面地质队发展到 10 个，并在潮水盆地做电法试验。

1955 年，地质大队改组为地质调查处以后，进一步扩大了勘探新工艺、新技术的应用领域和研究，大大提高了勘探质量和工作效率，不断获得了大地构造的新信息，扩大了勘探工作的视野，为完成第一个五年计划规定的任务和建设第一个石油基地发挥了"先行官"作用。

在 30 多个地质勘测队中，还有新中国的第一支女子测量队。她们由清一色的年轻姑娘组成，也是 30 多个勘探队中平均年龄最小的一个队。

32 个队员平均年龄不到 20 岁，大都是 1953 年从北京、南京、上海、温州、成都等城市招收的中学生，经西安石油工业学校培训，掌握了测量基础知识。

她们组成女子测量队后，首先投入嘉峪关以北的合黎山、大红圈一带的地质测量工作，开始了"我为祖国找石油"的生活。

为了克服测量工作中的种种困难，她们组织起技术研究会，在大队测量工程师的指导下，边学边做，在实践中创造出了"3 点圆圈跑尺法"，改变了"跑尺子"的混乱状态。

经过女子队员的一致努力，女子测量队从每天只能测 30 多个地形点提高到 170 多个，从一天做不好一个交绘点提高到每 20 分钟就能做好一个交绘点，从一天测面积 2 平方公里提高到 7.2 平方公里。

就这样，女子测量队成了石油行业远近闻名的模范队。

1955 年 8 月，该队被推荐出席全国青年社会主义建设积极分子代表大会。该队代表黄金洪受到毛泽东、刘少奇、周恩来等党和国家领导人的亲切接见。

通过河西走廊勘探第一阶段的工作，经勘探证实，大家一致认为在酒西盆地南部老君庙背斜带上的石油沟构造是一个很有希望的地区。

1951 年，石油总局决定让玉门矿务局钻探这个区块。

接到命令后，钻井队工人以空前的积极性投入油田开发。

于是，沉睡千年的石油沟被惊醒，四面环山的一片开阔的土地上立起座座钻塔。

在当时，负责钻井的各个钻井队队员劳动激情高涨。

王登学钻井队便是其中之一，在安全顺利完成石 - 4 井后，王登学钻井队顾不上休息，就连忙开始往石 - 3 矿井搬家。

在拆卸设备前，王登学队长就和各班钻工们讨论，拟订出了分工作业计划。全队人员集中拆卸，拆完以后，一部分人搬运机器，另一部分人进行安装，只用一天时间就把石-4井的设备全部拆完了。

在拆卸工作中，每个人都很细心，从拆卸到石-3井安装完毕，共7天时间就完成了过去要10天甚至半个月才能完成的搬迁安装任务。

1953年6月22日，王登学钻井队在石-2井又创造了日进尺138.43米的全国纪录。

1954年5月，正当石油沟油田钻探开发时，钻探人员在酒西盆地北部鼻状构造带上，对白杨河地区开始了预探。

为了及早探明白杨河构造储油的可能性，酒泉钻探处根据"集中钻探"的原则，先后开钻了多口探井。

5月5日开钻的白杨河探区第一口探井，经过7个月的钻井施工，于11月初在钻进过程中发现油迹，完钻后试出工业油流，日产原油2.3吨。

收到喜讯后，矿务局立即决定再上3部钻机。

于是，一批批设备器材运往白杨河探区，一座座帆布帐篷拔地而起，开发白杨河油田的喜讯一个接着一个：张固鼎钻井队创造月进尺1065.5米的全国纪录；王化兰钻井队创白杨河地区日进尺372.7米的全国纪录。

王进喜就是这个时候从这个地方开始脱颖而出的。王进喜，1923年出生于玉门县赤金堡村一个贫农家庭，是一个在石油河畔长大的石油娃。

新中国成立前，王进喜在矿场当小工。新中国成立后，油田回到了人民的怀抱，王进喜成了一名钻井工人。

和大多数当家做了主人的工人一样，王进喜有一股子使不完的劲儿。他刻苦学习，勤奋工作，是全国著名劳动模范郭孟和的学徒。

在白杨河，王进喜和他的贝乌5队创造了钻机整体搬家的经验，又于1958年9月率领他的钻井队创造了月钻5口井、进尺5000米的中型钻机全国最高纪录。

同时，王进喜还摸索出一套优质快速打井的经验，先后被授予"卫星钻井队""钢铁钻井队"的光荣称号。

后来，王进喜作为石油工业战线的劳模代表，出席了全国群英会。

1956年12月12日，白杨河构造的3口探井试出了工业油流，白杨河油田诞生了。

随着石油沟油田、白杨河油田的发现，人们开始思索一个问题：老君庙油田向东有卫星油田，向西有没有油田呢？

在一次局生产会议上，局长杨拯民听完主任地质师李德生关于老君庙油田扩大外围勘探的汇报后，鼓励李德生说："拿出点儿勇气来，胆子大一些，把探井再向西甩得远一些怎么样？"

根据杨局长的意见，李德生召集局地质师室和地调处的同志进行讨论。

经过分析后，李德生怀着希望来到鸭儿峡沟和干沟一带核实资料。

之后，杨拯民局长也多次亲自参与地质技术部门的研究，最后决定在青草湾和老君庙之间打一口探井，即746 井，出油后改为鸭 1 井。

1956 年 5 月 30 日，鸭 1 井开钻半年后开始试油，初步评价：M 油层产油能力良好，油层压力 339 个大气压，自喷能力很强……

1956 年 12 月 18 至 30 日，鸭 1 井在钻井过程中多次发生井喷，大股的原油和气体不断涌向地面。

担任这口探井钻探任务的，是有着丰富深井钻井经验的 3279 钻井队。他们及时采取技术措施，把一次又一次的油气上涌慢慢压服下去。

同时，因为在井下取到了含油岩心，钻工和地质技术人员都感到这是一口很有希望的探井。

就在探井喷油的当天晚上，玉门矿务局的地质家和主管局领导，还有在油矿帮助工作的苏联专家都连夜赶到现场。

他们在浓烈的石油气息中，兴奋地交谈着鸭儿峡喷油情况，并一致作出乐观估计。

矿务局副局长焦力人从鸭儿峡井场查看回来，兴奋地对大家说："鸭儿峡油田是一个大有希望的油田。根据矿务局工作部署，要对鸭儿峡进行全线进攻，大钻、多钻、快钻，大干、多干、快干，只要我们拿出这样的气魄来，加速开发鸭儿峡油田是完全有可能的。"

为了加速鸭儿峡油田的钻探开发，焦力人率 5 人工作小组驻扎鸭儿峡，统筹安排各项工作。

随后，矿务局决定成立鸭儿峡会战指挥部，由宋振明担任指挥。

钻井公司任命李敬为大队长，率领 12 支钻井队，开赴鸭儿峡，给这个形如鸭子卧在山谷中的地方带来了一个不寻常的春天。

从此，在许多刻骨铭心的回忆里，鸭儿峡的名字成了永远无法抹掉的印迹。

为了钻井用水，杨拯民局长和秦文彩经理亲自上井协调，并指示寻找水源。

没有水，钻井队的工人们宁肯自己少喝几口、几个月洗不上澡，也要保证钻井。

1957 年 4 月 1 日，鸭 1 井开始试采，初期间歇自喷，平均日产油 16.3 立方米。

全国支援玉门建设

1954 年 7 月，《新华日报》报道：

连日来，上海工业部门正在用火车和飞机把大批工业器材运往相距数千公里的玉门油矿，支援祖国新兴的石油工业建设。

今年上半年，上海为玉门油矿和其他油田制造的器材平均每个月都有 1000 多吨，与去年相比，增加了一倍以上。

1954 年 12 月，《石油工人报》报道：

全国各地工业部门不断地以国产机器和工业器材支援玉门油矿，加速了基地建设。如果把今年到矿的各种器材的吨数加到一块儿，可以装满 400 节火车皮，用载重 5 吨的大道奇汽车，需要 2200 辆。

这些器材中，除生产急需的设备、物资，还有钻探和地质人员在深山旷野中生活的必需品，如帆布帐篷、活动桌椅、行军床、水罐车，以及专供钻探工地使用携带方便的工作母机、柴油发电机……

在当时，玉门油矿在飞速发展。玉门石油工人深深地知道，在这发展之中，饱含着全国人民的热切期待和大力支援，饱含着国家领导人的无限关怀和厚爱。

1956 年上半年，上海 84 家工厂为玉门油矿赶制了各种机械设备、配件和部件 3100 吨，约 7 万件。这些设备、配件和部件大部分是玉门油矿紧急订货，有 8 吨多重的柴油机，也有柴油机上用的 1 公斤重的机油活塞。

这些订货要求精密度很高，由于各厂职工的努力，保证了产品的质量，有些产品的质量达到了国际水平。

上海的工人们为了完成这些紧急订货，日夜轮班赶制，满足了油矿的需要。

7 月 13 日，从玉门直接装上火车东运的第一批原油运到上海以后，更加鼓舞了这些承制订货的工厂职工的生产热情。

很多职工表示，在当年下半年内，还要制造更多、更好的产品来支援玉门油矿。

与此同时，中国第一汽车制造厂的第一批解放牌汽车，经过几千里路程，于 1956 年 11 月 29 日 17 时到达玉门油矿。

当时，国产的机器在投入使用后效果都很好。安装在机械厂的六角车床，从卡活到出成品全部操作都是电动，大大缩短了辅助时间，提高了生产效率。

输油管线上的高压闸门，质量要求很严格，过去是依靠国外进口。上海人民铁工厂试制成功后，大批供应玉门油矿，经过长期使用，没有渗漏现象。

炼油厂过去用的油管质量不好，腐蚀破裂现象严重。自从改用鞍山钢铁公司的无缝钢管后，降低了腐蚀，做油罐和水罐用的钢板都是鞍山供给的。

石油工人们亲手使用着国产机器和材料，看到用祖国文字标着的各厂和各地的名字，心里非常高兴，感到祖国工业发展非常快，自己的工作不断受到全国人民的支援，增加了建设好中国第一个天然石油基地的信心。

随着石油勘探面积的扩大，钻井急需的无缝钢管、钻机配件和特种链条，一直供不应求，时时影响着钻井进尺。

为此，上海大隆机器厂专门成立了一个链条车间，组织精兵强将为玉门生产链条。

鞍山无缝钢管厂组织技术人员攻关，解决了生产中的技术问题，保证了石油工业无缝钢管的大量供应。

沈阳水泵厂为玉门制造的离心泵、上海汽轮机器厂制造的柴油机、南京机床厂和上海人民铁工厂制造的车床和工字弯头，数量之多，规格之高，都是前所未有的。

在这一时期，全国各地为玉门油矿制造机器、配件的工厂有140多家。

甘肃省工业部门更是倾全力支援玉门油矿开发建设，为玉门制造了大批设备和配件。

炼油厂建设急需一批循环水泵配件及扩建裂炼厂工程的高压管子接头。知道情况后，兰州通用机器厂厂长和工程师亲赴玉门了解设备性能，回厂后立即组织人力加工赶制。他们还说："只要玉门油矿生产需要，任务再艰巨我们也要尽力设法解决。"

很快，这批配件被运到炼油厂扩建工地，保证了工程按时完成。

酒泉地区也把支援玉门油矿作为头等大事，从各县抽调数千民工参加油田的基本建设，在荒凉的戈壁滩上修公路、平井场、盖厂房。

仅1954年，酒泉地区的农民兄弟供应油矿各种蔬菜367.5万公斤，猪1400多头，羊6400多只，棉花2.5万多公斤。

1955年春节是玉门油矿开发以来给人们过的第一个难以忘却的传统佳节。

因为，在这个春节，石油工人的餐桌上第一次出现了鲤鱼、黄鱼、对虾、火腿、香肠等当时的高档副食品。这是上海、广东、四川、西安、兰州、武威、张掖、酒泉等地政府和人民专门为建设新中国第一个天然石油基地的人们运送来的。

这在当时国家还比较困难、农副产品和副食品都比较紧缺的情况下，是十分难能可贵的。

甘肃的永昌县和敦煌县的人们还给玉门石油工人写来了数千封慰问信，赞扬油矿职工在戈壁滩上开发油田的艰苦奋斗精神，希望他们早日把石油基地建设成功。

与此同时，新中国第一个石油基地的建设吸引了一大批作家、艺术家的关注和极大兴趣。

作家、文艺理论家冯至曾率领由钟敬文、朱光潜、张恨水、牧原、李红、孙福熙、周怀、陶一清、周元亮、张文科等一批作家、艺术家组成的参观团到油田参观。

著名作家徐迟和意大利《团结报》记者拉曼德雷同行，到玉门油矿采访。

徐迟在他的作品中，把玉门石油城比喻为一个"夜花园"。

著名散文作家杨朔在采访了建设石油基地的劳动模范王登学之后，写出的报告文学《石油城》，在当时被广为传诵，还编入了中学语文课本，使很多人从少年时代起就了解了玉门、认识了玉门，并影响了不少青年在后来的岁月中投身石油工业建设。

石油工人尊敬的诗人李季亲自参加了石油基地的建设，担任过玉门矿务局党委宣传部部长兼石油工人报社社长。

他创作了著名的《玉门诗抄》，其中《我们的油矿》《最高的奖赏》等诗篇脍炙人口，被人们广为称颂，并由此开创了中国石油文学的先河。

著名作家李若冰担任地质大队副大队长，深入石油勘探一线，以"沙驼铃"的笔名发表作品，至今人们还记得"沙大队长"。

中央新闻电影制片厂在 1956 年用 5 个月时间，摄制完成了名为《建设石油基地的人们》的新闻纪录片。该纪录片在全国上映，宣传石油工业建设成就后，吸引了一大批有志青年投身祖国的石油事业。

1956 年 6 月，在石油基地建设最紧张也是最关键的时刻，中央派出慰问团，不远千里从首都北京来到高寒山区和荒凉的戈壁滩上，带来了党中央和国务院对石油工人的关怀。

随慰问团来的中央民族歌舞团和武汉杂技团的艺术家们，为石油工人演出了丰富多彩的文艺节目。

全国总工会、陕西省政府和甘肃省政府，也先后派出慰问团到玉门油矿。文艺工作者分别到厂矿建设工地，为石油工人演出歌舞、话剧、歌剧、秦腔、京剧、越剧、杂技等文艺节目，极大地鼓舞了石油工人加快建设石油基地的劳动热情。

新中国石油工业的发展、玉门第一个天然石油基地的建设，始终得到党和国家领导人的关怀。

在建设石油基地的火红岁月中，党和国家领导人相继到这里来视察。

1956 年 11 月 25 日，中国共产党中央军事委员会副主席叶剑英来到玉门油矿，视察了井场、炼厂的建设工地和科研机构。

在历时 3 天的视察中，叶剑英欣喜地看到一个崭新的石油城，正在一片荒凉的戈壁上拔地而起，禁不住感慨万千，赋诗两首：

一

戈壁滩头建厂房，最新人物最新装；

业将同位诸元素，用到和平建设场。

二

引得春风度玉关，并非杨柳是青年；

英雄一代千秋业，敢说前贤愧后生。

在中央和全国人民的支持下，玉门建设者以极大的热情投入生产。很快，新中国第一个石油基地建成了！

建成天然石油基地

1956 年，这一年是具有重要意义的一年。

这一年，玉门油矿发展最快，变化最大，各方面都取得了前所未有的成就。

1956 年，国家对玉门油矿的基本建设投资相当于1950 年的 61 倍。

上万名地质人员，在祁连山、戈壁滩与严寒、风沙进行了艰苦搏斗；全年打井进尺 22.8 万米，相当于 1949 至 1955 年进尺的总和。

由于采用了注水注气、油层压裂等最新的开采方法，改善了油田开采的形势，完成了原油计划的 102%，年产量超过新中国成立前 10 年的总和。

同时，各种炼油指标也都超额完成，试制成功了 16 种新产品。

全矿生产总值比计划超过 17%，总成本比计划降低10%，为国家增产节约了 1000 余万元。

这一年，油矿职工的物质、文化生活得到了极大的改善。职工平均工资提高了 9.9%，住宅面积比新中国成立前增加了 7.1 倍。新建了医院和电影院，兰新铁路通车到玉门。

从此，玉门油矿已不再是昔日的一片荒凉戈壁，而是一个拥有 7 万人口的新型石油工业城市了。

1956 年夏天，《人民日报》用一个版的篇幅，专题介绍了玉门石油基地的建设情况。

在这个专版上登了 3 篇文章，一篇是杨拯民局长的，介绍石油基地的情况；一篇是油矿党委副书记杨志范的，介绍玉门的政治思想和文化教育工作；一篇是矿务局副局长兼玉门市市长张复振的，介绍原油东运的情况。

这 3 篇报道，对当时在全国宣传玉门油矿起到了很大的作用，产生了重大影响。

6 月 6 日至 12 日，中共玉门油矿第二次代表大会举行。出席会议的代表有 400 名，代表全矿 8448 名党员。

油矿党委书记刘长亮在报告中提出，目前的基本任务是为在一两年内建成祖国第一个天然石油基地而奋斗。

油矿党委第一副书记杨拯民在《玉门油矿 1956—1962 年的初步规划意见》中，根据国家对石油工业的要求，从油田开发任务、采炼指标以及基本建设和职工生活、文化教育等方面提出了具体的意见和指标。

大会选举刘长亮为油矿党委书记，杨拯民、焦万海、杨志范为副书记。

1957 年 3 月 5 日，全国政协第二届第三次会议在北京召开。身为全国政协委员的杨拯民，受会议之邀，向大会介绍了玉门石油基地的建设情况。

在发言中，杨拯民满含深情地回顾了 1956 年玉门的各项工作。

发言一结束，当时兼任全国政协主席的周恩来立刻站起来带头鼓掌，全场掌声雷动。

这掌声是对玉门油矿建设成就的祝贺，也是对杨拯民的嘉奖和赞许。

1957 年 4 月 6 日，在天然石油基地建设取得重大胜利的时刻，邓小平视察了玉门油矿。

随行人员有国家建委副主任李斌、城建部部长万里、建工部部长刘秀峰、团中央书记处书记章泽等。

邓小平在视察了鸭儿峡、老君庙油田及炼油厂的建设情况后，当晚在油田干部会议上发表讲话，鼓励全矿职工生产又多又好的石油，支援国家建设。

邓小平对全体职工艰苦奋斗、自力更生精神的鼓励，大大激发了石油工人建设社会主义的热情。

8 月 24 日，石油工业部部长李聚奎来到玉门，对提前完成石油基地建设任务做重要指示。

在玉门上下的一致努力下，玉门建设石油基地的步伐一天天加快，原油生产指标一年登上一个新台阶。

1957 年 10 月 8 日，新华社从兰州发出电讯，向全国庄严宣告：

中国第一个天然石油基地——玉门油矿扩建工程基本完成，成为拥有地质勘探、钻井、采油、炼油、机械修配、油田建设和石油科研等部门的大型石油联合企业。

085

玉门油矿职工在第一个五年计划期间，创造了令人瞩目的成绩。

地质储量、钻井进尺、原油产量、工业总产值等分别增长 2 至 5 倍。

其中总产值增长的速度 5 年平均为 31.9％，原油产量平均每年增长 33.6％，地质储量比新中国成立前增加了 5 倍。

面对玉门油矿"一五"计划提前完成，杨拯民兴奋不已，并挥笔写下《玉门油矿八年建设的回顾》一文。在文章中，杨拯民写道：

从 1950 年到 1957 年底，国家在玉门油矿的总投资为 5.17 亿元，其中第一个五年计划期间的投资为 4.83 亿元。完成工业总产值 4.9 亿元，同时，向国家上缴利润 7533.2 万亿元，折旧 3768 万元，税金 1584 万元。到 1975 年底，油矿上缴给国家的利润、税金和折旧总额，预计可达 1.9 亿元，占解放后，油田建设投资的 80.6％。如果按照现有的生产能力，预计再有一年左右的时间，国家对玉门油矿建设的投资即可全部收回。

经过 8 年的建设，玉门油矿在地质勘探、钻井工程、油田开发、原油加工、发电能力、机械制造、职工文化设施建设等诸多方面都取得了巨大成就。

于是，一个具有现代规模和气派的石油新城就屹立在祁连山下。石油河哗啦啦欢唱着，从它身边愉快地流过。

1958年7月15日，中共中央副主席、中华人民共和国副主席朱德，带着党中央和毛主席的关怀，到玉门油矿视察。

72岁高龄的朱德，在石油部部长余秋里、玉门矿务局党委书记刘长亮、局长焦力人的陪同下，参观了化验室及裂化等炼油装置后，又来到新开发的鸭儿峡探区，观看了油井放喷的壮观景象。

晚上，朱德听取了刘长亮和焦力人关于玉门油矿建设情况的汇报。

当听到从1950年到今年，玉门油矿共钻井7.25万米，生产原油299.4万吨时，朱副主席非常高兴。在了解当年打了一百多口井后，朱德点了点头，表示赞许，并非常高兴地夸奖玉门的石油工人，真正做到了多快好省、勤俭办一切事业。

在玉门的几天，朱德深深地被6万石油职工和家属的干劲儿所感染。他欣然提笔，即兴赋诗：

玉门新建石油城，全国示范作典型；
六万人民齐跃进，力争上游比光荣。

针对玉门油田的发展和今后的任务，在中坪广场隆重的欢迎会上，朱德发表了重要讲话。

他强调指出：

石油工业在中国来说是很重要的，也是很年轻的工业。没有石油工业，其他事业就发展不起来。

朱德的到来，把石油工业的发展提高到了一个崭新的高度。

1959年6月，玉门矿务局改为玉门石油管理局，成立中共玉门石油管理局委员会，隶属中共玉门市委领导，局党委书记由市委书记兼任。

1961年12月，玉门市与玉门石油管理局政企分设，玉门局党委改由甘肃省委直接领导。

从此，玉门油矿作为中国石油工业的摇篮，翻开了发展的新篇章。

四、 支援四方

● 张学贵说："咋能赶不上？我连夜就把东西收拾好，明天早晨就可以登上去大庆的火车。"

● 王进喜说："这困难，那困难，国家缺油是最大的困难。"

● 宋志斌的原则是："有两个的，拆一个；只有一个的，拆走。"

中央号召支援四方

1958 年 2 月，中共中央在成都召开工作会议，时任总书记的邓小平开始主管石油工业。

在会上，石油部副部长康世恩和地质部副部长何长工专程前往成都汇报四川石油勘探情况。

听取汇报后，邓小平感叹地说："在四川哪怕搞个日产 1 吨油的油田，也算是四川有了石油工业。"

2 月 27 日和 28 日，邓小平从成都回到北京后，在中南海怀仁堂，用两个下午的时间，听取了石油工业的汇报。

就在这次汇报中，决定了实行石油勘探部署的战略东移。邓小平明确指出：石油勘探要从战略上选择突击方向，要对松辽、华北、东北、四川、鄂尔多斯地区多做工作。

这个战略决策对中国石油工业实现大发展意义非同寻常。

党中央果断决策，实施中国石油工业的战略东移。

中国石油工业从此进入大发展的时期。这种大发展的格局，赋予了玉门油矿新的使命，也从客观上决定玉门油矿必须走出偏僻的西北一隅。

其实，玉门作为石油工业的摇篮，支援四方从新中国成立后就已经在逐步开始了。

1950 年 8 月，西北石油管理局局长康世恩、副局长邹明等，率领多名玉门油矿的技术人员和管理干部前往兰州，在王马巷安营扎寨，担负起整个西北石油战场的指挥工作。

玉门油矿的开拓者孙建初担任西北管局探勘处处长。这是新中国成立后，玉门油矿开始首次发挥"石油摇篮"的作用。

西北石油管理局一成立，首先把勘探的目光盯在陕北黄土高原。为此，管理局决定集中优势兵力，调集全国最优秀的地质专家，用最短的时间，在这一地区获得勘探突破。

从 1951 年至 1952 年，有 600 多名玉门石油工人奔赴陕北。西北石油管理局还专门点名要玉门油矿的地质学家李德生到陕北担任总地质师。

1955 年，柴达木石油会战拉开帷幕。3000 多名玉门人日夜兼程，翻越当金山，进入条件极其艰苦的高原盆地，在"天上无飞鸟，地上不长草"的旷野戈壁扎根数十年，克服诸多难以想象的困难，为柴达木盆地的油气勘探立下了汗马功劳。

随着黑油山 1 号井的喷油，中国西部的大油田克拉玛依油田宣告发现。这是新中国成立后，石油勘探者发现并开发的第一个油田。

党中央和国务院向全党、全国发出号召，支援克拉玛依油田的开发建设。

玉门油矿坚决响应党中央的号召，在1956年至1957年的两年时间里，先后派出1.2万名职工。这些职工浩浩荡荡一路西行，成为克拉玛依油田建设的主力军。

这个时期，玉门油矿本身不过3万余人，也就是说，有三分之一的玉门人参加了克拉玛依油田的建设。

这万人大军的大部分都是玉门油矿的精兵强将。其中，代总地质师杜博民曾任玉门油矿电测队队长、工程处副主任、地质处处长。

当时，克拉玛依油田的第一个整体开发方案就是由玉门人设计的。

这一年，在支援克拉玛依的时候，玉门油矿还把曾获"果敢善战"旗帜的张云清快速钻井队派往新疆。

1956年8月，全队50多人乘坐大道奇卡车经过8天长途颠簸，到达克拉玛依。

到克拉玛依后，张云清快速钻井队立即大显身手，很快就跃上了"先进队"的排行榜。1957年，张云清快速钻井队提出了钻井进尺"月上千，年上万"的奋斗目标。

后来，在庆祝新中国成立10周年的庆典上，一辆标明克拉玛依油田的大型彩车，伴着洪亮的《克拉玛依之歌》从天安门前驶过，接受共和国领袖和全国人民的检阅。它向全中国报告了一个特大喜讯：克拉玛依是新中国建成的第一个大型油田。在这个大油田的建设中，1.2

万名来自玉门油矿的建设者发挥了举足轻重的作用。

1958 年，党中央提出石油战略转移后，玉门更是积极开展了支援四方运动。

在当时，刚刚建成的第一个天然石油基地首先喊出"先支援别人，后发展自己"的口号，毅然派出最优秀的将士，调拨出大批精良设备，毫无保留地支援全国各地的石油会战。

这就是在中国石油工业战线上享有盛誉的"玉门风格"。

玉门工人奔赴东北

1959 年 9 月 26 日，位于黑龙江省肇州县境内的松基
3 井喷出强大工业油流。这是中国石油工业史上一个具有
划时代意义的伟大日子，大庆油田由此发现。

承钻这口大庆油田发现井的井队，就是来自玉门油
矿的 32118 钻井队。

早在 20 世纪 50 年代中期，松辽盆地就被纳入中国石
油勘探的视野之中。

1958 年，石油部根据邓小平的指示，把松辽盆地作
为"石油勘探战略东移"的主要战场之一，开始成立松
辽盆地的勘探机构，并从西部地区调遣精兵强将，在广
阔无际的原野上展开了大规模地质勘探工作。

1958 年 6 月，石油部专门从玉门油矿的 46 支钻井队
伍中，挑出两支过硬的钻井队东征松辽。32118 钻井队就
是其中一支。

在勘探过程中，松基 3 井井身有斜度，固井困难大，
再加上松辽石油勘探局成立不久，没有固井人才和经验。

考虑到这些，石油部副部长康世恩立即给玉门石油
管理局局长焦力人发电报，要固井专家彭佐猷带领有固
井经验的全套人马日夜兼程，赶到松基 3 井完成固井。

于是，一支固井队从玉门出发，长驱千里，来到松

辽盆地，顺利完成了固井任务，保证了松基 3 井顺利试油。

松基 3 井喷油，预示着一个大油田即将被发现。面对这样一个大油田，怎样把它拿下来也是一个难题。在当时的历史条件下，西方国家对中国实行经济封锁，中苏关系日趋恶化。苏联背信弃义，撕毁合同，撤走专家，进口原油越来越难。满洲里火车站停满了一列又一列从苏联返回的空油罐车。就连首都北京的公共汽车也背上了煤气包。

1959 年国庆节，王进喜到北京参加全国群英会，看到这番情景，急得恨不得"一拳头砸出个大油田"来。

很显然，在当时的情况下，依靠外援这条路走不通；只有靠自己，拿下油田。

当时松辽石油勘探局只有 20 多部钻机，不足 5000 职工，力量远远不够。

1960 年 2 月 1 日至 8 日，石油部党组扩大会在北京华侨大厦召开。

会议作出决定：采取集中优势兵力打歼灭战的办法，组织松辽石油会战。

2 月 13 日，石油部党组向中共中央上报了《关于东北松辽地区石油勘探情况和今后工作部署的报告》。该报告提出：

我们打算集中石油系统一切可以集中的力

量，用打歼灭战的方法，来一个声势浩大的石油大会战。

2月20日，中共中央发出文件，批准了石油工业部党组的报告。

2月21日，石油部在哈尔滨召开大庆会战第一次筹备会议。一纸急电，从北京发往玉门：

焦力人速到哈尔滨。

说走就走。焦力人局长立刻从嘉峪关飞机场搭乘俄式小飞机，向东北飞来。

在松辽石油会战第一次筹备会议上，焦力人代表玉门局领受了任务。松辽盆地将划分为5个战区，重点是长垣南部大同镇高台子一带。玉门局作为主攻单位，要拿下100万吨规模的油田。

同时，会议对会战的时间做了最严格的规定：

3月份，各单位人员、设备开始调动。

4月份，各路参战队伍要完成集结。

5月份，会战要正式打响……

掐指细算，在不到1个月的时间里，要想完成如此规模的大调动，困难可想而知。

接受任务当天晚上，焦力人就将会议精神电告玉门。

玉门市委、管理局党委连夜紧急召开常委会，成立了"支援松辽办公室"，并开始着手对机构、人员、设备进行调查摸底工作。

不久，焦力人又打来电话，告知石油部的"会战时间表"，大家深感压力不轻。同时，焦力人还发出急电，点名采油厂党委书记兼厂长宋振明和局生产技术处副处长李虞庚速到哈尔滨报到，参加会战。

宋振明和李虞庚即刻出发，到北京石油部办了手续，3月1日急飞哈尔滨，在黑龙江省委招待所向焦力人报到。

3月12日，首批确定参加大庆会战的1286名职工组成一个分指挥部和运输处的建制，举着鲜艳红旗，背着简陋行李，云集在远离市区30公里外的玉门火车东站。

在这支队伍中，有我国优秀油田开发专家朱兆明、刘文章，有我国第一个注水工程师王林甲，还有王进喜和钢铁1205钻井队、孙德福和32139英雄钻井队。

后来，曾在玉门工作多年的张学贵老人回忆起这段往事时，抑制不住激动，讲述了调往大庆的亲身经历：

> 那一年，大庆会战需要很多人去支援，我们玉门人也一批一批地走。
>
> 说是去东北，传得挺玄乎，说那地方特别冷。冷到什么样呢？说耳朵一抹就掉了，鼻子

支援四方

一抹就没了，尿尿要用棍子敲……

我又相信，又不相信。听说焦局长已经到了东北，在那里成立了会战指挥部，现在正调兵遣将哩。

这么一说，我心里就急。我去不去呢？几时才轮到我呢？每天都有人出发，走了一茬又一茬。

那时候，很多人都想去东北参加大会战。当时流传着一句话：火车叫，心在跳，何时离开老君庙。

我记得那天晚上，领导找我谈话。说是谈话也很简单，领导问："你想不想去大庆参加会战？"

我答："咋不想，想着咧。"

领导说："那你就准备吧。"

我问："什么时候出发？"

领导说："明天早晨就有一列车，你赶得上吗？"

我说："咋能赶不上？我连夜把东西收拾好，明天早晨就登上去大庆的火车。"

当时，玉门油矿为支援大庆会战，几乎竭尽全部的热情和家底。仅从这一年3至4月的电报、电话记录等，就可看出当时调动的密度、强度和紧迫性。这都是玉门油矿历史上不曾遇到过的。

3 月 29 日，石油部电示：

紧急抽调一个放射性测井队。

4 月 8 日，石油部电话指示：

从玉门局抽调 1000 名以建筑为主的职工组成建筑队伍，整建制支援大庆会战。

同日，石油部再次电话指示：

抽调玉门局地质师杨寿山、技师于大运、地质技术员唐开宁，及注水技术员和注水试验技术员各一名。

4 月 10 日，石油部急电：

玉门局速派放射性技术员 2 名、技工 1 名。

4 月 20 日，石油部电话指示：

从玉门局抽调 2 个采油大队、一个注水大队，人员和工具均配备完整齐全，整建制出发，共计 1172 名职工，包括 93 名干部和技术人员，限 5 月 5 日首批登车。

在很短的时间里，玉门油矿把最好的领导干部、最好的工程技术人员、最好的工人送往大庆参加会战。

在他们当中，有领导干部焦力人、宋振明、欧阳义、刘文明、崔海天等人；有技术干部闵豫、彭佐猷、朱兆明、李虞庚等；还有曾参加过全国群英会的劳动模范王进喜、孙德福、薛国邦、盛爱邦、李生福等。

在大庆油田的艰苦创业史上，记载着这些人的名字，记载着玉门人的功绩。他们在松辽盆地的不凡表现，使玉门油矿"三大四出"的摇篮作用得到充分展现。

玉门油矿的骨干力量，像割韭菜似的一茬又一茬地调出；各种设备，如同拔萝卜一般一台一台地运出。

10 多支地震队几乎全部走光了。当时，为了使玉门本身的地震勘探工作不至中断，玉门只好找来一台快要报废的"五一"型地震仪，重组人马。

钻井公司所属 49 台钻机，调出 48 台，只留下 1 台已使用多年的"乌德"钻机。

油建公司党委书记欧阳义和大部分年轻力壮的人马去了大庆，玉门仅留下一些年老体弱的同志。

玉门油矿两个"标杆队"，王进喜带领的 1205 钻井队和薛国邦带领的采油队，全都踏上了隆隆东去的列车。

这个时期，玉门油矿的工作重心大部分落在了"组织人力、物力支援大庆会战"上。大庆会战需要什么设备、需要什么样的人，玉门油矿只要有，就千方百计地支援。

1960年，玉门油矿向松辽盆地派出职工8371名。

1961年初，玉门油矿根据石油部指令，又一次向大庆调出3035名职工，其中包括干部和技术人员1021名。

为使参战的职工、设备、行李能及时安全地抵达会战地，玉门局专门成立了由任志恒、郭孟和、吴象贤等9名领导干部组成的"外调职工、家属协调指挥部"，并规定：组织专人护送队，负责押运设备和行李。同时抽调得力干部在兰州、郑州、北京、沈阳等地设立转运小组，负责接待、联络以及同铁路部门的协调工作。

这一年春节，赴大庆会战的3000多职工、家属，分15批乘火车出发，从大年初一到正月十五，每天走一批。

在当时那种条件下，在很短的时间里，要把几千人和成百吨设备送往大庆，运输上的困难是可以想象到的。

在这半个月里，玉门南站站台、货场，每天都像赶庙会似的，人来车往，热闹非凡。从玉门至兰州之间的列车上，由于沿途各站上人过多，十分拥挤。

1961年下半年，又有4300多名玉门工人前往松辽盆地参加大庆会战。这一年玉门向大庆调入7631人。

至此，在短短的两年时间里，就有1.6万名玉门人带着戈壁的重托，走上中国石油工业转折的历史舞台。

玉门工人支援大庆

1960年4月29日，这是大庆会战将士永远不会忘记的日子。

这一天，松辽盆地各探区和安达总指挥部数千人马，凌晨3时从各地起程，源源不断地向萨尔图会场开进。

天空阴沉，光线极暗，刺骨的北风与寒冷的冰霜笼罩大地。

忽然，天边有一朵火焰在跳动，人们仔细一瞧，原来是一面红旗。

接着，四面八方渐渐出现了无数的红旗向这边涌来。

顿时，萨尔图草原被滚滚而来的红旗和人流所遮蔽，悄然浮起一层红色的浪涛。

在中国石油工业发展史上被誉为"转折点"的"石油大会战万人誓师大会"，将在这片草原上召开。

10时整，余秋里部长走到麦克风前，宣布大会开始。顿时，礼炮与鞭炮齐鸣。

接着，余秋里做动员，康世恩发布战斗令。

各指挥部、钻井队、基建队的代表纷纷上台提出挑战和应战。

就在这群情激昂的时刻，会场西面突然锣鼓喧天，掌声雷动。王进喜、马德仁、段兴枝、薛国邦、朱洪昌，被战区树为"五面红旗"的劳动模范，身上十字披红，胸佩大红花，骑着高头大马，身后有人为他们高举写有姓氏的"帅"旗，在数千人的鼓乐队伍伴奏下，踏着《社会主义好》的乐曲节奏，在各自所在单位的党政领导牵马引导下，由翠柏树枝扎成的"迎英门"走进会场，经过主席台，缓缓绕场一周。

顿时，会场上响起了"学习铁人王进喜""人人做铁人"的口号。

"他们是从哪个油田来的？"

"听说大部分是玉门人。"

"嗬，玉门人真能干！"

参会的同志兴奋地议论着。

是啊，今天骑高头大马的"五大英雄"，其中4人出自玉门油矿，而且有3人出生于甘肃河西走廊。

在大庆会战中，不仅有这几大英雄，在当时的钻井队伍中，还集中了像孙德福、付积隆等一大批来自玉门的优秀钻井队长。

王进喜是玉门人典型的代表。他不仅是玉门油矿的优秀儿女，而且以玉门人的吃苦、质朴、拼命精神，在大庆成为中国工人阶级的优秀代表。

1960年3月，王进喜带着1205钻井队随焦力人局长从玉门来到大庆油田。

当他们在萨尔图车站下车后，王进喜一不问住，二不问吃，而是找到调度室先问了三句话："我们的钻机到

支援四方

了没有?""我们的井位在哪里?""这里的钻井最高纪录是多少?"

当王进喜得知自己队的井位在马家窑附近的杨树林子以后,二话没说,就领着全队职工步行来到井场。

当晚他们就住在一个废弃的马厩里。当时,马厩里住不下,王进喜没地方住,就裹着老羊皮,露宿在井场。

由于钻机没到,王进喜一方面抓紧时间到兄弟井队去学习,另一方面组织全队职工到火车站,帮助装卸各种会战物资,成了有名的"义务装卸队"。

过了几天,钻机到了。由于吊车少,不够用,王进喜就组织全队职工用人力卸车。

有的同志抱怨有困难,王进喜说:"这困难,那困难,国家缺油是最大的困难。"

为了鼓励大家的劳动激情,王进喜还说:"有条件上,没有条件创造条件上。"

他们以撬杠、大绳、木板、钢管为工具,采用"人拉肩扛加汽车"的办法,经过七天七夜的苦干,终于把钻机和其他设备化整为零,搬运到十多公里外的井场,并很快安装起来。

开钻时,调配泥浆缺水,王进喜领着工人找老乡学习打水井的方法,从附近水泡子里用脸盆端水,终于使萨55井顺利开钻。

奋战时,王进喜和职工们吃在井场,睡在井场,日夜不离井场,连续苦干,仅用5天4小时就打完了萨55

井，创造了战区当时的最高纪录。

一次，泥浆池中的泥浆搅不均匀，原来是搅拌机坏了。为了不影响正常钻进，王进喜一下子跳进泥浆池，干脆用自己的身体搅拌泥浆。

王进喜的行动立刻感染了在场的职工，很多人也跳进泥浆池中，用身体搅拌泥浆。

这是一个多么感人的场面，它被定格为大庆油田史上动人心魄的一页。

王进喜的事迹感动了附近的老乡。有一位老大娘看到他们白天黑夜地拼命干，便提着一篮子鸡蛋去慰问，见到钻工们就说："你们的王队长真是个铁人！快劝他回来休息休息呀！"

可谁也劝不动这位"铁人"。他说："宁可少活20年，拼命也要拿下大油田，早日把中国贫油的帽子甩进太平洋。"

时任指挥部指挥的宋振明知道了王进喜的事迹后，很受感动，就向会战领导小组进行了汇报。

余秋里、康世恩认为，这是一个非常典型的优秀人物。大庆会战刚刚开始，条件艰苦，困难重重，此时需要的正是这种英雄气概和英雄人物。

于是，一个学"铁人"、做"铁人"的活动，在松辽平原热火朝天地开展起来了。

一个铁人前面走，千万个铁人跟上来。从此，"铁人"王进喜的名字，响遍祖国大江南北的各条战线。

大庆会战首先是吃住条件异常艰苦；接着是漫长的雨季，整个松辽盆地变成了无数个大大小小的水泡子；再接着是蚊虫的袭扰，然后是更为艰难的严寒和粮荒。

在这一系列困难面前，玉门人以自己的行动，为玉门战旗增光添彩。玉门的油建队伍、运输队伍，还有其他各行业的队伍，参加会战的 6 万玉门儿女，都为大庆油田的开发建设立下了汗马功劳。

1960 年底，在大庆会战的焦力人专门派人回到玉门，向家乡父老汇报玉门儿女在松辽盆地的情况，引起极大轰动。人们无不为玉门儿女在新油田的巨大贡献感到无比骄傲。

玉门人在大庆会战中的贡献，早被组织这场会战的石油部领导充分肯定。

1960 年 10 月，余秋里部长来到玉门，在油田科级以上干部会议上说：

> 玉门油矿为国家培养了大批又红又专的人才，创造了成套的、中国自己的油田开发经验和新技术，指导了全国石油工业的发展。过去玉门做出了很大的成绩，今后仍要保持这个光荣传统。

大庆会战，是中国石油工业的重大转折。在这个大转折中，玉门油矿积 20 年开发之功力，将"三大四出"

的摇篮作用发挥得淋漓尽致。

首先是大学校的作用。新中国成立之初，玉门只有4000人，其中相当一部分是为开发建设油矿立下功劳的知识分子。

在新中国成立后的10年间，数万名大中专毕业生、解放军转业官兵及地方人员进入油矿。他们在这个大学校里获得了知识，增长了才干。有4万多人走出油矿，去支援新油田的开发建设，相当于每年毕业4000人，充分发挥了大学校的作用。

玉门作为大试验田、大研究所，承担了很多在新油田无法试验的新工艺、新技术的试验研究。玉门老君庙油田L油层，在注水开发过程中，就走过了边部注水—面积注水—点状面积注水这样一条经过反复试验的成功之路，为大庆油田早期注水开发提供了重要的经验。

在出技术、出经验方面，玉门更是发挥了石油基地的作用。老君庙油田在20世纪50年代进行了大量的科学试验和工艺技术革新，例如注水井试注技术、注水设备等技术，都先期试验成功，取得了宝贵的先导性经验。

玉门油矿是最早进入机械采油阶段的，积累了成套的经验，比如试验成功井下抽油泵示功图检测、动液面监测等，起到了先驱作用。

采油工艺从最早的"清蜡""防沙""堵水"等维护性技术中取得经验，到后来，在大庆油田发展为战略性进攻，形成了以注水开发为主的"六分四清"新工艺，

支援四方

创造了大庆长期稳产、高产的高水平开发。

采油工艺的核心是进攻型的井下作业，这具有十分重大的战略意义，也正是焦力人所积极倡导的。

玉门油矿在开发过程中的经验教训也为新油田提供了一面镜子。

当时，在鸭儿峡油田勘探中，还没有对油田进行探边，就急忙修了很多选油站，结果选油站修好了，油却没有那么多。大庆就吸取了这个教训，先探边，后施工。

说到出人才，玉门更是倾其所有，一大批人才走向全国，纷纷挑起了发展石油工业的重担。

作为刚刚建成的祖国第一个天然石油基地，玉门没有辜负"三大四出"的历史重任，没有愧对摇篮的时代责任。

大庆油田正是因为有了玉门的帮助，才在当时没有任何国外援助的情况下，顺利地建立起来了。

玉门人跑步上庆阳

1969 年 12 月底的一个傍晚，在寒冷的庆阳西峰镇街道上出现了 3 辆吉普车。

当车停在招待所的门口后，从车上下来了原玉门石油管理局代局长余群立、局生产指挥部主任陈秋来和后勤部主任李清芳等 16 个人。

这一行人头戴皮帽子，身穿皮大衣，匆匆走进招待所大门。

原来，石油部决定由玉门局承担陇东地区的石油勘探工作，并在这里进行一场石油会战。余群立一行人是来打前站的。

长庆油田是陕甘宁盆地 10 多个大小油气田的总称。这次会战因最初将基地设在甘肃西峰的长庆桥而得此名。这里距玉门油矿按公路里程计算有 1500 多公里。

1969 年，石油部改名为燃料化学工业部。根据中央"战备"和"三线建设要抓紧"的指示，决定在陕甘宁盆地开辟重点探区，通过会战迅速找到大的油气田。

当时，全国石油工业已在辽河、江汉、华北等地摆开勘探战场，石油勘探力量颇感紧缺。玉门油矿历来都是支援全国勘探战场的主力军，因此，在陕甘宁开辟重点探区的重任又落在了玉门人的肩上。

12 月初，余群立、陈秋来、李清芳等玉门油矿局、厂领导组成的"陇东勘探筹备组"，先期率 30 名职工赶赴庆阳，在钟楼巷挂起了"陇东石油勘探筹备组"的牌子。

1970 年 1 月 19 日，玉门局党委召开联席会议，经过讨论，会议决定：尽快召开两委扩大会，加快陇东找油步伐，并在玉门局机关成立"支援三线办公室"，由于耀先、窦小群、闫思贵负责。

3 天后，玉门局党委联席扩大会议再一次举行。在这次会议上，玉门党委明确提出：

> 玉门油矿领导班子重心东移，全局全力以赴保证陇东会战，要人给精兵，要设备给最好的。当玉门与陇东的需要发生冲撞时，要首先满足陇东会战。

2 月 2 日，玉门局党委在庆阳召开了扩大会议。

在会上，决定成立陇东石油勘探会战指挥部，玉门局主要领导宋志斌、赵启明、于耀先先后主持工作。

会议还提出了很有名的"跑步上庆阳"的动员口号。参加这个会议的同志后来回忆道：

> 从 2 月份起，局党委领导重心东移，坐镇陇东，全面领导玉门和陇东的各项工作。局机

关的 3 部 1 室要抽三分之二的人员赴陇东地区。

钻井处要抽调 5 部大型钻机，5 至 6 部中型钻机。机械厂、汽修厂各抽调一半人员和设备，内燃机大修厂抽调三分之一的人员和设备；钻机修理除玉门留少量维修人员外，全部移师陇东。

水电厂要按 1500 千瓦快装发电机配备人员。

对留在玉门油矿的职工进行一线与三线关系的教育、个人意愿与组织需要关系的教育。

这次会议实际上是一次"会战陇东"的誓师出征动员会议。

自此以后，玉门油矿又一次大规模地迅速集结队伍、人员和设备，无条件地向陇东开去。

这一次不同于支援大庆会战，而是独立自主勘探开发新油田。

这是一次真正依靠玉门人自己的力量，集中近 10 年的积累，在广阔的陇东地区，独立进行的一次战役性决战。

大战前夕的玉门油矿，又一次在"跑步上庆阳"的口号声中，接到各路调兵遣将的"命令"，容不得讨价还价，执行是唯一的选择。

经历过多次大规模支援兄弟油田的玉门人，早已习惯这种紧张的气氛。短短几天里，各路人马和设备全部准备就绪。

油田数万职工对参与会战非常积极，踊跃报名参战，都想在新油田干出一番事业，为祖国找出更多的石油。

于是，那些接到调令的人高兴得欢呼雀跃，奔走相告。还没有被通知的人则唯恐落下，三番五次找领导。

当时，有的职工的家属正在住院，本应该留下照顾几天，但为了不耽误会战，就托他人代为照料。

还有的职工本人有病，无法随队出发，等病情稍为好转，就急忙起程追赶自己的队伍。

由于是大批调人，加上适逢春节前后的客运高峰，给人员、货物的运送造成了极大的困难。

陕西咸阳货运站站台出现了周转不开的情况。铁路局命令玉门站限装限运，这导致玉门局器材总库的货运站台上堆满了各种物资，玉门东站挤满了整装待发的职工。

一些客车因严重超员，停靠玉门东站时根本就不开车厢门。

玉门人参战心切，只要能挤进车厢，哪怕是站着到达目的地也毫无怨言。

玉门油矿在"跑步上庆阳"的口号中，又一次展现了无私奉献的风格。仅有的两个地震队一个人不剩全部调往庆阳。

1300多人的油建队伍只留下200多人，其余的人连同机械设备，甚至包括办公桌在内的物资，统统调往陇东。

机械厂主要车间二分之一的人员、设备被编入调动序列，有的工房被搬空了，就连工具箱里的工具也都随人带走了，唯一的一台龙门刨床，在油田被称作"独生子"，也随车东去。

原玉门局党委书记付万祯回忆说，当年玉门军事管制委员会主任宋志斌定的原则是：

有两个的，拆一个；只有一个的，拆走。

运输力量对玉门来说本来就很紧张，但为了支援新探区，150多辆卡车风驰电掣般驶向庆阳。

局职工医院抽调优秀医护人员176人前往陇东战区组建最早的野战医院。

油田开发、水电、机修、器材、消防、印刷等各路人马也相继踏上了征途。

截至3月底，玉门局参加陇东会战的8000名职工、1348台套各类设备全部抵达战区。

4月5日，部署在陇东地区的第一批探井庆2井、庆3井、庆7井等全部开钻。

第一支从玉门油矿来到陇东的3223钻井队，其井位被确定在太白公社的西瓜梁。

初到这里，山上道路不通，他们只好从镇原县绕道把钻井设备运上去。

这山梁上光秃秃的，荒无人烟。人们三块石头一口锅，就把家安下来了。

山上全是黄土，安装井架打基础的碎石要到庆阳县城买。山梁上缺水，当地农民吃水是从沟里挑，玉门人就用脸盆端、水桶挑，从山下把水弄上来打井。

在钻井过程中，有一次下暴雨，山下发洪水，他们几乎一个多星期同指挥部断了联系。运送生产物资和生活用品的车辆上不来，职工们断炊，情况十分危急。

生产办公室主任赵文元等3位同志背上干粮，挂着棍子，冒雨从西峰绕道步行3天，把干粮送到了井队。

5月17日，玉门局党委决定：

> 迅速组建10个浅井钻探队，赴陕甘宁盆地渭北地区开展浅油层勘探，同时将玉门局所属的"银川石油勘探指挥部"及6400名职工，成建制划入陕甘宁盆地的勘探队伍。

不久，捷报传来。位于华池县城关的庆3井，于8月7日首先获得日产27.2吨的油流，成为陇东地区第一口出油井，也是华池油田的发现井。

1970年11月3日，原兰州军区党委发出（1970）15号通知：组成军区陕甘宁地区石油勘探指挥部。

长庆油田会战指挥部组建完成后，1971年1月15日发布 6 号文件，明确了整个战区的编制序列：

> 以玉门局在陕北的勘探队伍和新疆局的渭北大队组成一分部。
>
> 以玉门局陇东勘探指挥部组成二分部。
>
> 以玉门局银川勘探指挥部组成三分部。
>
> 以玉门局陇东地震勘探队伍和六四六厂的物探队伍组成四分部。

从此，参加陕甘宁盆地石油会战的 1500 名玉门人，在原兰州军区的统一领导下，与各兄弟单位的职工并肩协作，艰苦转战在横跨陕甘宁三省的鄂尔多斯盆地。

1971 年，石油勘探取得了突破性进展。

6 月 29 日，来自玉门的 3209 钻井队打的岭 9 井喷出 258 吨的高产油流，创陕甘宁盆地自喷井喷油的最高纪录，初步控制了马岭油田的含油面积。

在以后的几年中，经过玉门人的不懈努力，终于使长庆油田成为我国西北地区的重要石油天然气生产地，谱写了新的石油篇章。

玉门油矿支援四方

1973 年至 1974 年，东北平原相继发现了辽河油田和吉林油田。

听闻喜讯后，玉门人又一次争先恐后地报名参战，近 2000 人离开戈壁荒原，走向北国雪原。

1975 年，华北平原发现了任丘油田。2000 多名玉门人急速东进，在任丘油田组成了以玉门为主体的雁翎油矿。

1977 年，在伏牛山下的南阳盆地发现了南阳油田。在短短两年时间里，又有 2000 名玉门石油工人奔赴南阳油田的下二门油矿。

1983 年，中原大地上又传来喜讯，中原油田宣告诞生。在随后的几年时间里，3000 余名玉门人陆续来到这里，参加了一场以科技为主旋律的石油大会战。

东部油田的相继发现，加速了炼油工业的大发展，在一些大油田和重要城市兴建炼油厂成为当务之急。玉门炼油厂义不容辞地肩负起了支援别人的重任。

从 20 世纪 50 年代开始，一批又一批玉门炼油人走入上海、兰州、洛阳、北京、青岛、武汉等大城市，来到克拉玛依、大庆、胜利、长庆、华北、中原等油田，参与建起了一座座炼油厂。

据统计，从 20 世纪 50 年代到 90 年代中期，玉门炼油厂光是成批调动就达 15 批数千人。

先支援别人，后发展自己。玉门在石油工业大发展的历史长河中，留下了"玉门风格"的美誉。

正如康世恩所说，玉门是中国石油工业发展的"老母鸡"。

放眼祖国的版图，从天山脚下的克拉玛依油田，到黄海之滨的胜利油田；从北国荒原的大庆油田，到南国水乡的各大油田，哪里没有玉门人的身影？

玉门石油工人积极支援国家建设，几乎参加了新中国成立后的历次石油会战。

为此，曾在玉门工作过的著名诗人李季写下了这样精彩的诗句：

苏联有巴库，中国有玉门。
凡有石油处，就有玉门人。

10 万玉门人在祖国的大江南北，在人迹罕至的荒山戈壁，书写着最新最美的壮丽诗篇。

他们中间人才辈出，各领风骚。石油河畔成长起来的王进喜，在大庆油田成为中国工人阶级的优秀代表，并被人形象地称为"铁人"。

康世恩、焦力人、宋振明、赵宗鼎、闵豫、李天相、李敬、程浩、金钟超、吴碧莲等走出摇篮，后来成长为共和国的副总理、部长、副部长、副省长。

翁文波、田在艺、翟光明、童宪章等，早期得益于石油摇篮的哺育，后来成为中国科学院和中国工程院的院士。他们都是中国石油科技界的泰斗人物，为石油现代化建设作出了巨大贡献。

当年大庆会战闻名全国的"五面红旗"，其中四面是玉门人。大庆会战时有"八大老总"，其中七大老总来自玉门。

10万玉门人，在祖国辽阔的国土上，东奔西走，挥汗如雨，建功立业。

在中国石油工业发展史上，玉门人功不可没。摇篮为此永远骄傲。

本书主要参考资料

《国史全鉴》本书编委会编 团结出版社

《共和国五十年珍贵档案》中央档案馆编 中国档案
　　出版社

《共和国经济风云》赵士刚主编 经济管理出版社

《共和国开国岁月》张国星 何明著 中共党史出版社

《风云七十年》郭德宏主编 解放军文艺出版社

《石油摇篮》本书编委会编 甘肃人民出版社

《老兵的脚步》张文彬主编 石油工业出版社

《中国石油地质志》翟光明主编 石油工业出版社

《铁人王进喜的故事》吴晓平著 江苏人民出版社

《王进喜——中外名人故事丛书》刘深著 中国和平
　　出版社

《大庆人的故事》大庆油田工人写作组编 上海人民
　　出版社

《石油城：玉门油矿矿史》玉门油矿矿史编委会编写
　　甘肃人民出版社